一指神通日本遊
Japan

作者/譯者
游淑貞(YOYOYU)

美術設計&手繪插圖
游鈺純(Yu-Chun YU)
Régis FANJAT

前書き
まえ が

　　在經過長時間的資料蒐集、架構企劃、編排設計與插畫繪製，我們強力推出了圖文雙全、全彩實用的日本旅遊書 —《一指神通日本遊》！

　　本書以一個完整旅遊行程概念作為編寫架構，針對即將到日本旅遊的讀者，在遊日旅程中可能會遇到或是發生的種種情境或狀況，彙整出豐富的常用單字，並列舉最簡潔、容易朗朗上口的短句，讓讀者可以現學現用。無論是照著本書開口說或是手指本書詢問對方，循序漸進的10個章節，讓你此書在手，暢遊日本趴趴GO。

　　我們期望本書的企劃發想讓讀者即使還未遠遊日本，也能夠憑藉本書有趣的圖文導讀，在出發前已經對日本文化有概括認識及深刻印象。在本書中，每個單字及短句處皆有標示該日語發音和羅馬拼音，讓讀者可以即時開口說。而隨書附贈MP3語音光碟可讓讀者跟讀正確日語發音。此外，書中配上繽紛、幽默插圖，忠實呈現單字意義或短句情境，幫助讀者快速意會與記憶學習。

　　希望讀者能夠靈活利用本書，在日本與日本人互動時，可以更自由自在的入境隨俗「ㄉㄨˋ」日語，為您的日本之旅留下更多美好體驗與開心回憶！

　　最後，在此感謝參與本書企劃與設計製作的專業工作人員，有你們的全力以赴，讓每一頁的內容展現出百分百的專業堅持與精神，呈現出忠於初衷的最佳作品。

游淑貞（YOYOYU）

もく じ
目次

part 1 行前準備認識日本

- 五十音自學
- 認識日本地圖

五十音自學

清音	あ段 平假名 片假名	い段 平假名 片假名	う段 平假名 片假名	え段 平假名 片假名	お段 平假名 片假名
あ行	あ ア a	い イ i	う ウ u	え エ e	お オ o
か行	か カ ka	き キ ki	く ク ku	け ケ ke	こ コ ko
さ行	さ サ sa	し シ shi	す ス su	せ セ se	そ ソ so
た行	た タ ta	ち チ chi	つ ツ tsu	て テ te	と ト to
な行	な ナ na	に ニ ni	ぬ ヌ nu	ね ネ ne	の ノ no
は行	は ハ ha	ひ ヒ hi	ふ フ fu	へ ヘ he	ほ ホ ho
ま行	ま マ ma	み ミ mi	む ム mu	め メ me	も モ mo
や行	や ヤ ya		ゆ ユ yu		よ ヨ yo
ら行	ら ラ ra	り リ ri	る ル ru	れ レ re	ろ ロ ro
わ行	わ ワ wa				を ヲ o
ん行	ん ン n				

拗音 平假名　片假名	平假名　片假名	平假名　片假名
きゃ キャ kya	きゅ キュ kyu	きょ キョ kyo
しゃ シャ sha	しゅ シュ shu	しょ ショ sho
ちゃ チャ cha	ちゅ チュ chu	ちょ チョ cho
にゃ ニャ nya	にゅ ニュ nyu	にょ ニョ nyo
ひゃ ヒャ hya	ひゅ ヒュ hyu	ひょ ヒョ hyo
みゃ ミャ mya	みゅ ミュ myu	みょ ミョ myo
りゃ リャ rya	りゅ リュ ryu	りょ リョ ryo

ぎゃ ギャ gya	ぎゅ ギュ gyu	ぎょ ギョ gyo
じゃ ジャ ja	じゅ ジュ ju	じょ ジョ jo
ぢゃ ヂャ ja	ぢゅ ヂュ ju	ぢょ ヂョ jo
びゃ ビャ bya	びゅ ビュ byu	びょ ビョ byo

ぴゃ ピャ pya	ぴゅ ピュ pyu	ぴょ ピョ pyo

濁音

平假名 片假名	平假名 片假名	平假名 片假名	平假名 片假名	平假名 片假名
が ガ ga	ぎ ギ gi	ぐ グ gu	げ ゲ ge	ご ゴ go
ざ ザ za	じ ジ ji	ず ズ zu	ぜ ゼ ze	ぞ ゾ zo
だ ダ da	ぢ ヂ ji	づ ヅ zu	で デ de	ど ド do
ば バ ba	び ビ bi	ぶ ブ bu	べ ベ be	ぼ ボ bo

半濁音

平假名 片假名	平假名 片假名	平假名 片假名	平假名 片假名	平假名 片假名
ぱ パ pa	ぴ ピ pi	ぷ プ pu	ぺ ペ pe	ぽ ポ po

促音

在日文中，促音佔一個音節，但發音時是停頓一拍不發音。
- 平假名以小寫「っ」表示，例：結婚【けっこん】ke.kkon：
- 片假名以小寫「ッ」表示，例：搖滾【ロック】ro.kku。

特殊音

為拼出正確外國音而產生以片假名配上小寫的「アイウエオ」。
- 例：【ウァ/ ウィ / ウェ / ウォ】【シェ / ジェ】【チェ】
  【ツァ/ ツィ / ツェ / ツォ】【ティ / ディ / デュ】
  【ファ / フィ / フェ / フォ】【グァ】

長音

- 平假名的長音規則：
  - –a+あ 例：媽媽【おかあさん】o.ka.a.san
  - –i+い 例：小　　【ちいさい】chi.i.sa.i
  - –e+い 例：電影【えいが】e.i.ga
  - –u+う 例：傍晚【ゆうがた】yuu.ga.ta
  - –o+う 例：飛機【ひこうき】hi.kou.ki
  - –e+え 例：姊姊【おねえさん】o.ne.e.san
  - –o+お 例：誇張【おおげさ】o.o.ge.sa
- 片假名長音以「一」表示，例：運動【スポーツ】su.pō.tsu。

羅馬拼音表記

為讓讀者可以迅速開口發音，本書中所有單字及句子均加上羅馬拼音表記。

標記方式如下：

- 平假名（清音、拗音、濁音、半濁音）參照P13、P14表中的羅馬拼音表記。而字與字之間以「.」分開，例：兒童【こども】ko.do.mo。

- 鼻音 – 以「n」標示，與前一假名的羅馬拼音一起表記，例：溫泉【おんせん】on.sen。

- 促音 – 凡看到羅馬拼音中的子音重複表記，例：結婚【けっこん】ke.kkon，便用促音讀法，即ke音之後稍作停頓，再輕快讀kkon音。

- 長音 – 平假名：直接標出其原羅馬拼音，但不以「.」將其與前一平假名的羅馬拼音分開，例：本州【ほんしゅう】hon.shuu。

  片假名：在母音上以「–」標記，如：咖啡【コーヒー】kōhī。

認識日本地圖

ほっかいどう
ho.kka.i.dou
北海道

ほんしゅう
hon.shuu
本州

	東北
	中部
	関東
	近畿
	中国

しこく
shi.ko.ku
四国

きゅうしゅう
kyuu.shuu
九州

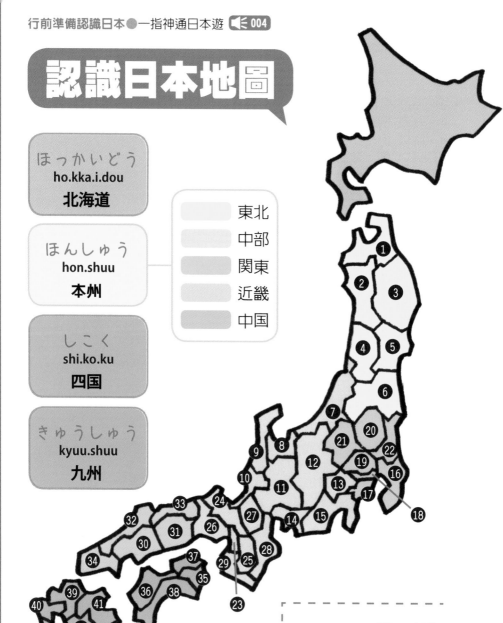

おきなわけん
o.ki.na.wa.ken
沖縄県

本州

とうほく **tou.ho.ku** **東北**	あおもりけん a.o.mo.ri.ken ① 青森県	あきたけん a.ki.ta.ken ② 秋田県
いわてけん i.wa.te.ken ③ 岩手県	やまがたけん ya.ma.ga.ta.ken ④ 山形県	みやぎけん mi.ya.gi.ken ⑤ 宮城県	ふくしまけん fu.ku.shi.ma.ken ⑥ 福島県

ちゅうぶ **chuu.bu** **中部**	にいがたけん ni.i.ga.ta.ken ⑦ 新潟県	とやまけん to.ya.ma.ken ⑧ 富山県	いしかわけん i.shi.ka.wa.ken ⑨ 石川県
ふくいけん fu.ku.i.ken ⑩ 福井県	ぎふけん gi.fu.ken ⑪ 岐阜県	ながのけん na.ga.no.ken ⑫ 長野県	やまなしけん ya.ma.na.shi.ken ⑬ 山梨県
あいちけん a.i.chi.ken ⑭ 愛知県	しずおかけん shi.zu.o.ka.ken ⑮ 静岡県	かんとう **kan.tou** **関東**	ちばけん chi.ba.ken ⑯ 千葉県
かながわけん ka.na.ga.wa.ken ⑰ 神奈川県	とうきょうと tou.kyou.to ⑱ 東京都	さいたまけん sa.i.ta.ma.ken ⑲ 埼玉県	とちぎけん to.chi.gi.ken ⑳ 栃木県
ぐんまけん gun.ma.ken ㉑ 群馬県	いばらきけん i.ba.ra.ki.ken ㉒ 茨城県	きんき **kin.ki** **近畿**	おおさかふ o.o.sa.ka.fu ㉓ 大阪府

きょうとふ
kyou.to.fu
㉔ 京都府

ならけん
na.ra.ken
㉕ 奈良県

ひょうごけん
hyou.go.ken
㉖ 兵庫県

しがけん
shi.ga.ken
㉗ 滋賀県

みえけん
mi.e.ken
㉘ 三重県

わかやまけん
wa.ka.ya.ma.ken
㉙ 和歌山県

ちゅうごく
chuu.go.ku
中国

ひろしまけん
hi.ro.shi.ma.ken
㉚ 広島県

おかやまけん
o.ka.ya.ma.ken
㉛ 岡山県

しまねけん
shi.ma.ne.ken
㉜ 島根県

とっとりけん
to.tto.ri.ken
㉝ 鳥取県

やまぐちけん
ya.ma.gu.chi.ken
㉞ 山口県

四国

とくしまけん
to.ku.shi.ma.ken
㉟ 徳島県

えひめけん
e.hi.me.ken
㊱ 愛媛県

かがわけん
ka.ga.wa.ken
㊲ 香川県

こうちけん
kou.chi.ken
㊳ 高知県

九州

ふくおかけん
fu.ku.o.ka.ken
㊴ 福岡県

さがけん
sa.ga.ken
㊵ 佐賀県

おおいたけん
o.o.i.ta.ken
㊶ 大分県

ながさきけん
na.ga.sa.ki.ken
㊷ 長崎県

くまもとけん
ku.ma.mo.to.ken
㊸ 熊本県

みやざきけん
mi.ya.za.ki.ken
㊹ 宮崎県

かごしまけん
ka.go.shi.ma.ken
㊺ 鹿児島県

♥日本的行政區為：一都一道二府43縣

Part 2

快樂出發 Let's go！

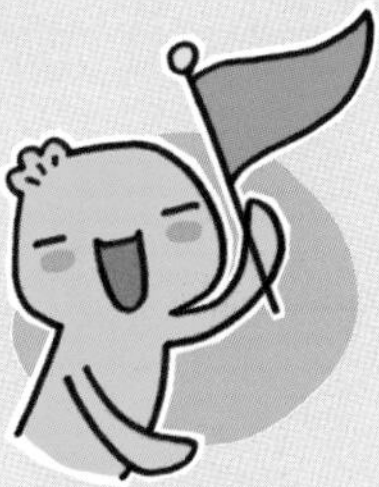

- 重要證件帶了沒？
- 在機場
- 班機確認
- 飛機上
- 進出海關
- 日本重要機場

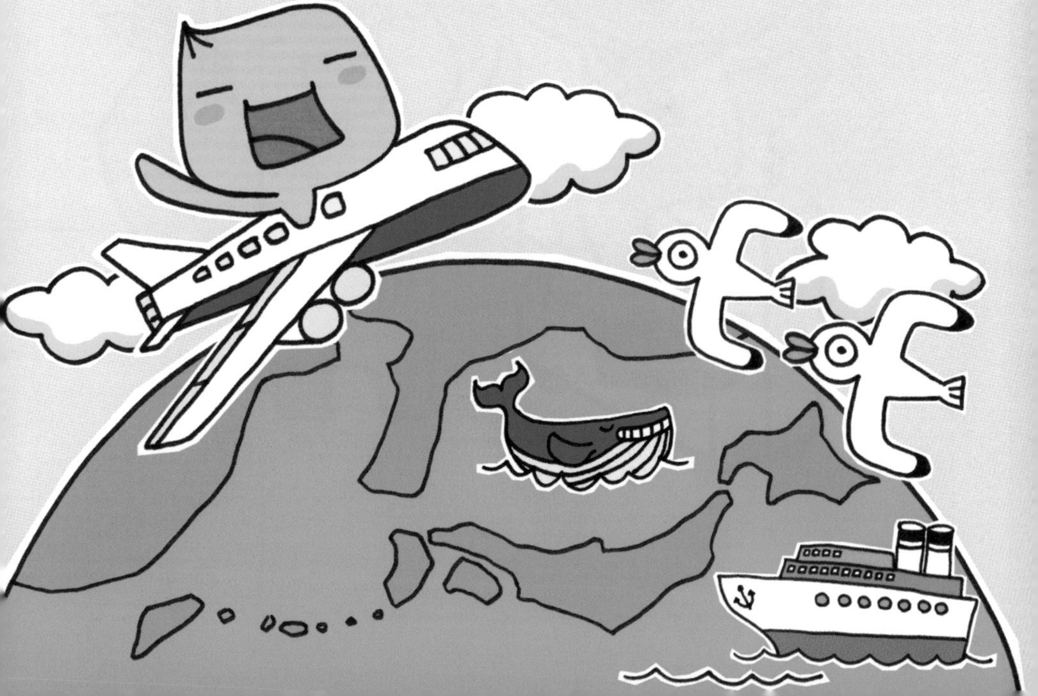

重要證件帶了沒？

ビザ
bi.za
簽證

パスポート
pa.su.pō.to
護照

搭乗券
tou.jou.ken
登機證

航空券
kou.kuu.ken
機票

荷物
ni.mo.tsu
行李

手荷物
te.ni.mo.tsu
手提行李

在機場

空港
くう こう
kuu.kou
機場

滑走路
かっ そう ろ
ka.ssou.ro
飛機跑道

飛行機
ひ こう き
hi.kou.ki
飛機

空港使用料
くう こう し よう りょう
kuu.kou.shi.you.ryou

空港税
くう こう ぜい
kuu.kou.ze.i

機場稅

チェックインカウンター
che.kku.in.ka.un.tā
航空公司櫃檯

出発ロビー
しゅっ ぱつ
shu.ppa.tsu.ro.bī
出境大廳

其他設施

エアポートラウンジ
e.a.pō.to.ra.un.ji
機場貴賓休息室

エレベーター
e.re.bē.tā
電梯

エスカレーター
e.su.ka.rē.tā
手扶電梯

インフォーメーションセンター
in.fō.mē.shon.sen.tā
資訊服務台

送迎チャーター
そう げい
sou.ge.i.chā.tā
專車租賃接送

両替所
りょう がえ じょ
ryou.ga.e.jo
外幣兌換處

空港宅配サービス
くう こう たく はい
kuu.kou.ta.ku.ha.i.sā.bi.su
機場宅配服務

ターミナル
tā.mi.na.ru
航廈

シャトルバス
sha.to.ru.ba.su
接駁車

デューティーフリーショップ
dyū.tī.fu.rī.sho.ppu
免税品商店

免税店
めん ぜい てん
men.ze.i.ten

荷物カート
に もつ
ni.mo.tsu.kā.to
行李推車

班機確認

確認
ka.ku.nin
確認

關於班機

航空会社
kou.kuu.ga.i.sha
航空公司

国内線
ko.ku.na.i.sen
國內航線

国際線
ko.ku.sa.i.sen
國際航線

出発空港
shu.ppa.tsu.kuu.kou
起飛機場

到着空港
tou.cha.ku.kuu.kou
到達機場

便
bin
班次

乗り継ぎ
no.ri.tsu.gi
轉機

搭乗ゲート
tou.jou.gē.to
登機門

時差ぼけ
ji.sa.bo.ke
時差

關於座位

| 問い合わせる
to.i.a.wa.se.ru
詢問 | 搭乗クラス
tou.jou.ku.ra.su
艙等 |

| ファーストクラス
fā.su.to.ku.ra.su
頭等艙 | ビジネスクラス
bi.ji.ne.su.ku.ra.su
商務艙 | エコノミークラス
e.ko.no.mī.ku.ra.su
經濟艙 |

| 席
se.ki
座位 | 空席照会
kuu.se.ki.shou.ka.i
空位詢問 | 座席番号
za.se.ki.ban.gou
座位號碼 |

窓側の席
ma.do.ga.wa.no.se.ki
靠窗座位

通路側の席
tsuu.ro.ga.wa.no.se.ki
走道座位

不打結極短句

❀ 席を替わってもいいですか？　　　　我可以換座位嗎？
se.ki.o.ka.wa.tte.mo.i.i.de.su.ka?

❀ キャンセル待ちをしたいのですが。　我想要排候補位。
kyan.se.ru.ma.chi.o.shi.ta.i.no.de.su.ga。

❀ チェックインは何時からですか？　　幾點開始劃位？
che.kku.in.wa.nan.ji.ka.ra.de.su.ka?

飛機上

哪些人在
飛機上工作呢？

| 乘務員
じょう む いん
Jou.mu.in
空服員 | スチュワード
su.chu.wā.do
空少 | スチュワーデス
su.chu.wā.de.su
空姐 |

| キャプテン
kya.pu.ten
機長 | パーサー
pā.sā
座艙長 | パイロット
pa.i.ro.tto
駕駛員 |

不打結極短句

✱ お水をもらえますか？
o.mi.zu .o.mo.ra.e.ma.su.ka？
請給我水好嗎？

✱ 入国カードを下さい。
nyuu.ko.ku.kā.do .o.ku.da.sa.i。
請給我入境卡。

✱ 頭痛薬はありますか？
zu.tsuu.ya.ku .wa.a.ri.ma.su.ka？
有頭痛藥嗎？

✱ すみません、ちょっと通して下さい。
su.mi.ma.sen, cho.tto.too.shi.te.ku.da.sa.i。
抱歉，請讓我過。

✱ 何時に着きますか？
nan.ji.ni.tsu.ki.ma.su.ka？
何時會到呢？

飛機上會提供的服務有

機內食
ki.na.i.sho.ku
飛機餐

免税品販売
men.ze.i.hin.han.ba.i
免税品販賣

ヘッドホン
he.ddo.hon
（罩住耳朵的）耳機

新聞
shin.bun
報紙

ニュースペーパー
nyū.su.pē.pā
報紙

ドリンク
do.rin.ku
飲料

**有特別需要
可以要求**

スペシャルミール
su.pe.sha.ru.mī.ru
特別飛機餐

ベジタリアンミール
be.ji.ta.ri.an.mī.ru
素食餐

アレルギー対応ミール
a.re.ru.gī.ta.i.ou.mī.ru
過敏專用餐

ベビーミール
be.bī.mī.ru
嬰兒餐

チャイルドミール
cha.i.ru.do.mī.ru
兒童餐

アメニティー
a.me.ni.tī
貼心小物服務

アメニティーグッズ
a.me.ni.tī.gu.zzu
貼心小物組

寝具セット
shin.gu.se.tto
寢具組

医薬品
i.ya.ku.hin
醫藥品

耳栓
mi.mi.sen
耳塞

スリッパ
su.ri.ppa
拖鞋

進出海關

税関 ぜいかん ze.i.kan 海關	通関 つうかん tsuu.kan 通關	関税 かんぜい kan.ze.i 關稅	検疫 けんえき ken.e.ki 檢疫

入国カード にゅうこく nyuu.ko.ku.kā.do 入境申請單	出入国管理 しゅつにゅうこくかんり shu.tsu.nyuu.ko.ku.kan.ri 出入國管理

不打結極短句

✱ 台湾 たいわん からです。
ta.i.wan.ka.ra.de.su。
我從台灣來的。

✱ プリンス ホテルに 泊まる と 予定 よてい です。
pu.rin.su .ho.te.ru.ni.to.ma.ru.yo.te.i.de.su。
我將住在王子飯店。

✱ 親戚 しんせき を 訪 たず ねます。
shin.se.ki.o.ta.zu.ne.ma.su。
我來探親。

✱ 観光客 かんこうきゃく です。
kan.kou.kya.ku.de.su。
我是觀光客。

27

會話

日本に来た目的は何ですか？
ni.hon.ni.ki.ta.mo.ku.te.ki.wa.nan.de.su.ka?

您來日本的目的是什麼？

観光です。
kan.koo .de.su。

我來觀光的。

♥ 可替換以下單字：

見学
ken.ga.ku
見習

遊学
yuu.ga.ku
遊學

留学
ryuu.ga.ku
留學

見物
ken.bu.tsu
遊覽參觀

親戚訪問
shin.se.ki.hou.mon
訪親

旅行
ryo.kou
旅行

遊び
a.so.bi
遊玩

出張
shu.cchou
出差

仕事
shi.go.to
工作

赴任
fu.nin
外派

単身赴任
tan.shin.fu.nin
單身外派

會話

どのぐらい滞在しますか？
do.no.gu.ra.i.ta.i.za.i.shi.ma.su.ka?

您打算停留多久？

一週間滞在します。
i.sshuu.kan.ta.i.za.i.shi.ma.su。

我將停留一週。

日本は初めてですか？
ni.hon.wa.ha.ji.me.te.de.su.ka?

第一次來日本嗎？

はい、初めてです。
ha.i, ha.ji.me.te.de.su。

是的，第一次來。

いいえ、前にも何度か来たことが
あります。
i.i.e, ma.e.ni.mo.nan.do.ka.ki.ta.ko.to.ga.
a.ri.ma.su。

不，我來過好幾次
了。

日本重要機場

新千歳空港
しん ち とせ くう こう
shin.chi.to.se.kuu.kou
新千歳機場（北海道）

仙台空港
せん だい くう こう
sen.da.i.kuu.kou
仙台機場（東北地方）

関西国際空港
かん さい こく さい くう こう
kan.sa.i.ko.ku.sa.i.kuu.kou
關西國際機場（大阪）

広島空港
ひろ しま くう こう
hi.ro.shi.ma.kuu.kou
廣島機場（廣島）

成田空港
なり た くう こう
na.ri.ta.kuu.kou
成田機場（東京）

羽田空港
はね だ くう こう
ha.ne.da.kuu.kou
羽田機場（東京）

福岡空港
ふく おか くう こう
fu.ku.o.ka.kuu.kou
福岡機場（九州）

中部国際空港
ちゅう ぶ こく さい くう こう
chuu.bu.ko.ku.sa.i.kuu.kou
中部國際機場（名古屋）

那覇空港
な は くう こう
na.ha.kuu.kou
那覇機場（沖繩）

part 3 不迷路交通達人

在車站

駅 えき **e.ki** 車站	コインロッカー ko.in.ro.kkā 置物櫃	キオスク ki.o.su.ku 車站的小賣店

緑の窓口 みどり　まど ぐち mi.do.ri.no.ma.do.gu.chi 綠色窗口（JR票務服務窗口）	お忘れ物取り扱い所 わす　もの と　　あつか　じょ o.wa.su.re.mo.no.to.ri.a.tsu.ka.i.jo 失物招領處

出口 で ぐち de.gu.chi 出口	入り口 い ぐち i.ri.gu.chi 入口	中央口 ちゅう おう ぐち chuu.ou.gu.chi 中央出口	改札口 かい さつ ぐち ka.i.sa.tsu.gu.chi 驗票口

東口 ひがし ぐち hi.ga.shi.gu.chi 東出口	西口 にし ぐち ni.shi.gu.chi 西出口	南口 みなみ ぐち mi.na.mi.gu.chi 南出口	北口 きた ぐち ki.ta.gu.chi 北出口

ホーム hō.mu 月台	運転手 うん てん しゅ un.ten.shu 駕駛員	車掌 しゃ しょう sha.shou 車掌

駅員 えき いん e.ki.in 站務員	通学 つう がく tsuu.ga.ku 上學	通勤 つう きん tsuu.kin 上班

ラッシュアワー
ra.sshu.a.wā
尖峰時刻

こう　つう　じゅう　たい
交通渋滞
kou.tsuu.juu.ta.i
交通擁塞

まん　いん
満員
man.in
客滿

あん　ない　じょ
案内所
an.na.i.jo
服務處

ろ　せん　ず
路線図
ro.sen.zu
(地鐵、巴士等的)路線圖

ガイドブック
ga.i.do.bu.kku
指南書

ち　ず
地図
chi.zu
地圖

不打結極短句

✳ おう　ふく　　　　　　　　　　じ　かん
往復でどれぐらい時間が
かかりますか？
ou.fu.ku.de.do.re.gu.ra.i.ji.kan.ga.
ka.ka.ri.ma.su.ka?

往返大概需要多
少時間？

✳ かん　こう
観光パンフレットはありますか？
kan.kou.pan.fu.re.tto.wa.a.ri.ma.su.ka?

請問有觀光手冊
嗎？

關於買車票

きっぷうりば 切符売り場 ki.ppu.u.ri.ba 售票處	じどうけんばいき 自動券売機 ji.dou.ken.ba.i.ki 車票自動販賣機

せいさんじょ 精算所 se.i.san.jo 補票處	じどうせいさんき 自動精算機 ji.dou.se.i.san.ki 自動補票機	りょうがえ 両替 ryou.ga.e 換錢

じこくひょう 時刻表 ji.ko.ku.hyou 時刻表	しはつでんしゃ 始発電車 shi.ha.tsu.den.sha 最早車班	さいしゅうでんしゃ 最終電車 sa.i.shuu.den.sha	しゅうでん 終電 shuu.den
		最終車班	

きっぷ 切符 ki.ppu 車票	うんちん 運賃 un.chin 車資	じょうしゃけん 乗車券 jou.sha.ken 乘車票	おとな 大人 o.to.na 成人票	こども 子供 ko.do.mo 兒童票	かいすうけん 回数券 ka.i.suu.ken 回數券

かたみちきっぷ 片道切符 ka.ta.mi.chi.ki.ppu 單程車票	おうふくきっぷ 往復切符 ou.fu.ku.ki.ppu 來回車票	ていきけん 定期券 te.i.ki.ken 定期車票	ざせきしていけん 座席指定券 za.se.ki.shi.te.i.ken 指定席票

とっきゅうけん 特急券 to.kkyuu.ken 特急票	しんだいけん 寝台券 shin.da.i.ken 臥舖車票	しゅうゆうけん 周遊券 shuu.yuu.ken 周遊票	いちにちじょうしゃけん 一日乗車券 i.chi.ni.chi.jou.sha.ken 一日自由行車票

票券名稱：**Keisei Skyliner & Metro Pass**

外國人特定優惠

外國人專用Skyliner + Metro套票（成田機場限定）
http://www.keisei.co.jp/keisei/tetudou/skyliner/tc/special/index.html

票券名稱：**Suica & Monorail**

JR東日本針對訪日外國人所推出的Suica & Monorail的交通套票，您可以搭乘Monorail東京單軌電車往返羽田機場，也能購得Suica悠遊卡，方便機場往返與日本的交通。
http://www.tokyo-monorail.co.jp/tc/tickets/value/foreigner.html

----- 不打結極短句 -----

✱ 名古屋行きの片道切符を2枚
ください。
na.go.ya.i.ki.no.ka.ta.mi.chi.ki.ppu.o.ni.ma.i.
ku.da.sa.i。

我想要兩張去名古屋的單程車票。

✱ 大阪まで、大人と子供1枚
ずつください。
o.o.sa.ka.ma.de, o.to.na.to.ko.do.mo.i.chi.ma.i.
zu.tsu.ku.da.sa.i。

請給我到大阪的成人票和兒童票各一張。

✱ 間違った切符を買ってしまいました。
ma.chi.ga.tta.ki.ppu.o.ka.tte.shi.ma.i.ma.shi.ta。

我買錯車票了。

✱ 切符の払い戻しはどこですか？
ki.ppu.no.ha.ra.i.mo.do.shi.wa.do.ko.de.su.ka?

請問哪裡可以退車票錢？

✱ すみません、切符をなくして
しまいました。
su.mi.ma.sen, ki.ppu.o.na.ku.shi.te.
shi.ma.i.ma.shi.ta。

對不起，我遺失了車票。

各式交通工具

乗り物
の もの
no.ri.mo.no
交通工具

♥凡是可搭載人並將之移動(至某地)的
工具，統稱為「乗り物」。

關於新幹線列車/電車/地鐵

鉄道
てつ どう
te.tsu.dou
鐵路

電車
でん しゃ
den.sha
電車

地下鉄
ち か てつ
chi.ka.te.tsu
地下鐵

新幹線
しん かん せん
shin.kan.sen
新幹線

普通列車
ふ つう れっ しゃ
fu.tsuu.re.ssha
普通列車

各駅停車
かく えき てい しゃ
ka.ku.e.ki.te.i.sha
每站停車

快速列車
かい そく れっ しゃ
ka.i.so.ku.re.ssha
快速列車

急行列車
きゅう こう れっ しゃ
kyuu.kou.re.ssha
急行列車

特急列車
とっ きゅう れっ しゃ
to.kkyuu.re.ssha
特急列車

座位種類

グリーン車
しゃ
gu.rī.n.sha
綠色車廂(頭等車廂)

指定席
し てい せき
shi.te.i.se.ki
指定席

自由席
じ ゆう せき
ji.yuu.se.ki
自由席

─────── 不打結極短句 ───────

✳ 何番ホームで乗りますか？
nan.ban.hō.mu.de.no.ri.ma.su.ka?
　　　　　　　　　　　　　在幾號月台搭車？

✳ 電車に乗り遅れてしまいました。
den.sha.ni.no.ri.o.ku.re.te.shi.ma.i.ma.shi.ta。
　　　　　　　　　　　　　我沒趕上電車。

✳ どこで乗り換えるんですか？
do.ko.de.no.ri.ka.e.run.de.su.ka?
　　　　　　　　　　　　　我應該在哪裡轉車？

✳ 乗り越してしまいました。
no.ri.ko.shi.te.shi.ma.i.ma.shi.ta。
　　　　　　　　　　　　　我坐過站了。

關於公車 （巴士）	バス停 ba.su.te.i 公車站	バス ba.su 公車	
バスターミナル ba.su.tā.mi.na.ru 公車總站	観光バス kan.kou.ba.su 遊覽車（觀光巴士）	整理券 se.i.ri.ken 號碼單	

不打結極短句

❋ バス乗り場はどこですか？
ba.su.no.ri.ba.wa.do.ko.de.su.ka?

巴士站在哪裡呢？

❋ このバスは 淺草寺 へ行きますか？
ko.no.ba.su.wa. sen.sou.ji .e.i.ki.ma.su.ka?

這班公車去 淺草寺 嗎？

❋ 上野公園 に着いたら教えて
ください。
u.e.no.kou.en .ni.tsu.i.ta.ra.o.shi.e.te.
ku.da.sa.i。

上野公園 到達時請告訴我一聲。

關於計程車	タクシー ta.ku.shī 計程車	タクシー乗り場 ta.ku.shī.no.ri.ba 計程車搭乘處	運転手 un.ten.shu 司機

會話

どうぞ。どちらまでですか？
dou.zo。do.chi.ra.ma.de.de.su.ka?

請上車。您要到哪裡呢？

この住所までお願いします。
ko.no.juu.sho.ma.de.o.ne.ga.i.shi.ma.su。

麻煩載我去這個地址。

不打結極短句

✳ トランクを開けてください。
to.ran.ku.o.a.ke.te.ku.da.sa.i。

請打開後車廂。

✳ 荷物を運ぶのを手伝って
もらえますか？
ni.mo.tsu.o.ha.ko.bu.no.o.te.tsu.da.tte.
mo.ra.e.ma.su.ka?

可以幫我搬一下
行李嗎？

✳ すみません、時間がないんで、
急いでください。
su.mi.ma.sen, ji.kan.ga.na.in.de.
i.so.i.de.ku.da.sa.i。

對不起，我趕時
間請開快一點。

✳ ここで降ります。
ko.ko.de.o.ri.ma.su。

我要在這裡下車。

其他相關用語

自動車
ji.dou.sha
汽車

自転車
ji.ten.sha
腳踏車

レンタカー
ren.ta.kā
租車

オートバイ
ō.to.ba.i

バイク
ba.i.ku

摩托車

ガソリンスタンド
ga.so.rin.su.tan.do
加油站

ガソリン
ga.so.rin
汽油

エンジン
en.jin
引擎

方向&問路

方向 ほう こう hou.kou 方向	東 ひがし hi.ga.shi 東	西 にし ni.shi 西	南 みなみ mi.na.mi 南	北 きた ki.ta 北

左 ひだり hi.da.ri 左	右 みぎ mi.gi 右	左側 ひだり がわ hi.da.ri.ga.wa 左側	右側 みぎ がわ mi.gi.ga.wa 右側

左へ曲がる ひだり ま hi.da.ri.e.ma.ga.ru 向左轉	右へ曲がる みぎ ま mi.gi.e.ma.ga.ru 向右轉

向こう む mu.kou 對面	戻る もど mo.do.ru 返回/迴轉	こっち ko.cchi 這邊	あっち a.cchi 那邊

前 まえ ma.e 前	後ろ うし u.shi.ro 後	遠い とお to.o.i 遠	近い ちか chi.ka.i 近	道なり みち mi.chi.na.ri 順著道路	真っ直ぐ ま す ma.ssu.gu 直直往前

交差点 こう さ てん kou.sa.ten 十字路口	歩道橋 ほ どう きょう ho.dou.kyou 天橋	道路標識 どう ろ ひょう しき dou.ro.hyou.shi.ki 交通號誌

信号 shin.gou 紅綠燈	横断歩道 ou.dan.ho.dou 斑馬線	歩道 ho.dou 人行道	車道 sha.dou 車道
道 mi.chi 道路（街）	道路 dou.ro 馬路	町 ma.chi 小城鎮	曲がり角 ma.ga.ri.ka.do 街角	看板 kan.ban 招牌

道を尋ねる mi.chi.o.ta.zu.ne.ru 問路	方向音痴 hoo.koo.on.chi 路痴

不打結極短句

✱ 東京ドームへ行きたいのですが。　　　我想去東京巨蛋。
tou.kyou.dō.mu .e.i.ki.ta.i.no.de.su.ga。

✱ 大阪城への行き方を教えて　　　請告訴我如何去
ください？　　　　　　　　　　大阪城？
o.o.sa.ka.jou .e.no.i.ki.ka.ta.o.o.shi.e.te.
ku.da.sa.i?

✱ 道に迷ってしまいました。　　　我迷路了。
mi.chi.ni.ma.yo.tte.shi.ma.i.ma.shi.ta。

✱ 歩いて行けますか？　　　走路可以到嗎？
a.ru.i.te.i.ke.ma.su.ka?

✱ 一番近い駅はどこですか？　　　最近的車站在
i.chi.ban.chi.ka.i.e.ki.wa.do.ko.de.su.ka?　　哪裡？

會話

すみません、道をおたずね
したいのですが。
su.mi.ma.sen, mi.chi.o.o.ta.zu.ne.
shi.ta.i.no.de.su.ga。

抱歉,我想問一下
路。

いいですよ！どこへ行きたい
んですか？
i.i.de.su.yo! do.ko.e.i.ki.ta.in.de.su.ka?

當然可以啊！你想
要到哪裡呢？

東京タワーへ行きたいんですが

どうやって行けばいいですか？
tou.kyou.ta.wā.e.i.ki.ta.in.de.su.ga.
dou.ya.tte.i.ke.ba.i.i.de.su.ka?

我想到東京鐵塔,
請問要如何去呢？

まっすぐ行って、次の角を左に

曲がってください。
ma.ssu.gu.i.tte, tsu.gi.no.ka.do.o.hi.da.ri.ni.
ma.ga.tte.ku.da.sa.i。

直走,然後請在下
一個街角左轉。

part 4

選個舒適旅館吧！

- ● 住哪裡？
- ● 訂房
- ● 旅館＆飯店設施
- ● 關於服務

住哪裡？

ホテル
ho.te.ru
飯店

ラブホテル
ra.bu.ho.te.ru
汽車旅館

旅館（りょかん）
ryo.kan
（日式）旅館

シティーホテル
shi.tī.ho.te.ru
頂級型飯店

ビジネスホテル
bi.ji.ne.su.ho.te.ru
商務旅館

温泉旅館（おんせんりょかん）
on.sen.ryo.kan
溫泉飯店

民宿（みんしゅく）
min.shu.ku
民宿

リゾートホテル
ri.zō.to.ho.te.ru
度假飯店

ペンション
pen.shon
小型飯店式民宿

極省錢背包客適用

ユースホステル
yū.su.ho.su.te.ru

YH（ワイエッチ）
wa.i.e.cchi

青年旅館

カプセルホテル
ka.pu.se.ru.ho.te.ru
膠囊旅館

インターネットカフェ
in.tā.ne.tto.ka.fe

サイバーカフェ
sa.i.bā.ka.fe

ネットカフェ
ne.tto.ka.fe

網咖

訂房

しゅくはくてつづ **宿泊手続き** shu.ku.ha.ku.te.tsu.zu.ki **住宿手續**	チェックイン che.kku.in 住房登記/Check in
	チェックアウト che.kku.a.u.to 退房登記/Check out

--- 不打結極短句 ---

�ળ チェックインをお願^{ねが}いします。　　我要登記住房。
che.kku.in.o.o.ne.ga.i.shi.ma.su。

✦ チェックアウトをお願^{ねが}いします。　我要退房。
che.kku.a.u.to.o.o.ne.ga.i.shi.ma.su。

✦ 1日^{いちにち}早^{はや}く出^でたいのですが。　我要提早一天退房。
i.chi.ni.chi.ha.ya.ku.de.ta.i.no.de.su.ga。

✦ もう1泊^{いっぱく}延長^{えんちょう}したいのですが。　我想要多住一晚。
mou.i.ppa.ku.en.chou.shi.ta.i.no.de.su.ga。

部屋番号
he.ya.ban.gou
房間號碼

室料
shi.tsu.ryou

部屋代
he.ya.da.i

房間費用

料金
ryou.kin
費用

デポジット
de.po.ji.tto
訂金

素泊まり
su.do.ma.ri
不附餐純住宿

エアコン
e.a.kon
空調

冷房
re.i.bou
冷氣

暖房
dan.bou
暖氣

部屋のタイプ
he.ya.no.ta.i.pu
房間樣式

スイート
su.ī.to
套房

シングル
shin.gu.ru
單人房

ダブル
da.bu.ru
雙人房

トリプル
to.ri.pu.ru
三人房

ツイン
tsu.in
雙人房（床位分開）

お食事プラン
o.sho.ku.ji.pu.ran
附餐條件

1泊2食付き
i.ppa.ku.ni.sho.ku.tsu.ki
住一晚附兩餐

1泊朝食付き
i.ppa.ku.chou.sho.ku.tsu.ki
住一晚附早餐

食事なし
sho.ku.ji.na.shi
不附餐

不打結極短句

✽ 部屋は空いていますか？
he.ya.wa.a.i.te.i.ma.su.ka?
　　　　　　　　　　　　還有空房嗎？

✽ もう少し安い部屋はありますか？
mou.su.ko.shi.ya.su.i.he.ya.wa.a.ri.ma.su.ka?
　　　　　　　　　　　　有更便宜一點
　　　　　　　　　　　　的房間嗎？

✽ 1泊いくらですか？
i.ppa.ku.i.ku.ra.de.su.ka?
　　　　　　　　　　　　請問住一晚多
　　　　　　　　　　　　少錢？

✽ 朝食付きの料金ですか？
chou.sho.ku.tsu.ki.no.ryou.kin.de.su.ka?
　　　　　　　　　　　　這個費用有附
　　　　　　　　　　　　早餐嗎？

✽ エキストラベッドを入れることが
できますか？
e.ki.su.to.ra.be.ddo.o.i.re.ru.ko.to.ga.
de.ki.ma.su.ka?
　　　　　　　　　　　　可以加床位嗎？

✽ この部屋にします。
ko.no.he.ya.ni.shi.ma.su。
　　　　　　　　　　　　我要這個房間。

✽ 宿泊料は前払いしてあります。
shu.ku.ha.ku.ryou.wa.ma.e.ba.ra.i.shi.te.a.ri.ma.su。
　　　　　　　　　　　　我已經預付住
　　　　　　　　　　　　宿費了。

旅館&飯店設施

設備
せつび
se.tsu.bi
設備

フロント
fu.ron.to
飯店櫃檯

ロビー
ro.bī
飯店大廳

ビジネスセンター
bi.ji.ne.su.sen.tā
商務中心

セーフティーボックス
sē.fu.tī.bo.kku.su
貴重物品保管箱（保險箱）

売店
ばいてん
ba.i.ten
小型商店

インターネット
in.tā.ne.tto
網路

国際電話
こくさいでんわ
ko.ku.sa.i.den.wa
國際電話

プール
pū.ru
游泳池

美容室
びようしつ
bi.you.shi.tsu
美容室

サウナ
sa.u.na
三溫暖

ジム
ji.mu
健身房

カラオケルーム
Ka.ra.o.ke.rū.mu
卡拉OK包廂

其他
相關用語

ドア
do.a
門

扉
to.bi.ra
（公車/電車）門

窓
ma.do
窗戶

カーテン
kā.ten
窗簾

クローゼット
ku.rō.ze.tto
衣櫃

ハンガー
han.gā
衣架

引き出し
hi.ki.da.shi
抽屜

戸棚
to.da.na
櫥櫃

冷蔵庫
re.i.zou.ko
冰箱

灰皿
ha.i.za.ra
菸灰缸

ポット
po.tto
保溫水壺

椅子
i.su
椅子

ソファー
so.fā
沙發

机
tsu.ku.e
書桌

テーブル
tē.bu.ru
桌子

ルームキー
rū.mu.kī
房間鑰匙

鍵
ka.gi
鑰匙/鎖

階段
ka.i.dan
樓梯

非常口
hi.jou.gu.chi
緊急出口

飯店工作人員

ドアマン
do.a.man
門房

ポーター
pō.tā
行李搬運員

メイド
me.i.do

ハウスキーパー
ha.u.su.kī.pā

房間清掃人員

ベルボーイ
be.ru.bō.i
大廳工作人員

ホテルスタッフ
ho.te.ru.su.ta.ffu
飯店服務生

トイレ
to.i.re
洗手間

御手洗い
o.te.a.ra.i
廁所

トイレットペーパー
to.i.re.tto.pē.pā
衛生紙

芳香剤
hou.kou.za.i
芳香劑

ゴミ箱
go.mi.ba.co
垃圾筒

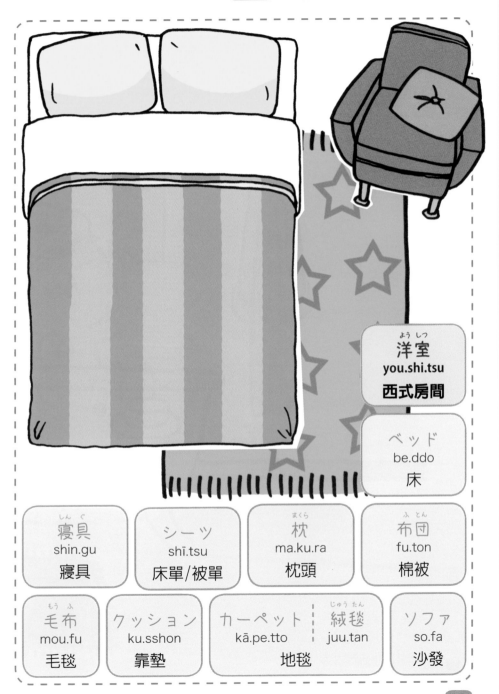

洋室
you.shi.tsu
西式房間

ベッド
be.ddo
床

寝具
shin.gu
寝具

シーツ
shī.tsu
床單/被單

枕
ma.ku.ra
枕頭

布団
fu.ton
棉被

毛布
mou.fu
毛毯

クッション
ku.sshon
靠墊

カーペット
kā.pe.tto
地毯

絨毯
juu.tan
地毯

ソファ
so.fa
沙發

バスルーム
ba.su.rū.mu
浴室

入浴剤
にゅうよくざい
nyuu.yo.ku.za.i
❶ 泡澡用劑

シャワーキャップ
sha.wā.kya.ppu
❷ 浴帽

バスローブ
ba.su.rō.bu
❸ 浴袍

スリッパ
su.ri.ppa
❹ 拖鞋

洗顔石鹸
せんがんせっけん
sen.gan.se.kken
❺ 洗臉用肥皂

シャンプー
shan.pū
6 洗髮精

ヘアトリートメント
he.a.to.rī.to.men.to
7 潤髮乳

ボディウォッシュ
bo.di.wo.sshu
8 沐浴乳

タオル
ta.o.ru
9 毛巾

マット
ma.tto
10 腳踏墊

シャワー
sha.wā
11 蓮蓬頭

バスタブ
ba.su.ta.bu
12 澡盆

練り歯磨き
ne.ri.ha.mi.ga.ki
❶ 牙膏

歯磨き粉
ha.mi.ga.ki.ko

歯を磨く
ha.o.mi.ga.ku
刷牙

♥ 以前日本人刷牙
用的牙膏是粉狀
的「歯磨き粉」
就延用至今。
「練り歯磨き」
則用在正式商品
名上。

歯ブラシ
ha.bu.ra.shi
❷ 牙刷

ティッシュペーパー
ti.sshu.pē.pā
❸ 面紙

ひげを剃る
hi.ge.o.so.ru
刮鬍子

❹

鏡
ka.ga.mi
❹ 鏡子

綿棒
men.bou
❺ 棉花棒

剃刀
ka.mi.so.ri
❻ 刮鬍刀

❻

❺

❽

❼

櫛
ku.shi
❼ 梳子

ドライヤー
do.ra.i.yā
❽ 吹風機

| 和室
わしつ
wa.shi.tsu
和風房間 | ❶ 敷き布団
し ふとん
shi.ki.bu.ton
日式棉被(舖) | ❷ 掛け布団
か ふとん
ka.ke.bu.ton
日式棉被(蓋) | ❸ 畳
たたみ
ta.ta.mi
榻榻米 |

❹ 座布団
ざ ぶ とん
za.bu.ton
座墊

❺ 押し入れ
お い
o.shi.i.re
日式壁櫥

❻ 障子
しょうじ
shou.ji
(分隔室內室外的)日式拉門

❼ ふすま
fu.su.ma
(分隔兩間房子的)日式拉門

日式旅館工作人員

女将
o.ka.mi
老闆娘

女中
jo.chuu
女接待服務生

板前
i.ta.ma.e
日本料理廚師

風呂場
fu.ro.ba
浴場

お風呂
o.fu.ro
澡堂

露天風呂
ro.ten.bu.ro
露天浴池

温泉
on.sen
溫泉

大浴場
da.i.yo.ku.jou
公眾浴場

關於服務

サービス sā.bi.su 服務	ルームサービス rū.mu.sā.bi.su 客房服務	ランドリーサービス ran.do.rī.sā.bi.su 衣物乾洗服務

不打結極短句

❋ この葉書を送ってもらえますか？
ko.no.ha.ga.ki.o.o.ku.tte.mo.ra.e.ma.su.ka?

可以幫我寄明信片嗎？

❋ 朝食はどこで食べられますか？
chou.sho.ku.wa.do.ko.de.ta.be.ra.re.ma.su.ka?

請問在哪裡吃早餐呢？

❋ ルームサービスをお願いします。
rū.mu.sā.bi.su.o.o.ne.ga.i.shi.ma.su。

我需要客房服務。

❋ モーニングコールをお願いします。
mō.nin.gu.kō.ru.o.o.ne.ga.i.shi.ma.su。

請叫我起床。

❋ クリーニングをお願いします。
ku.rī.nin.gu.o.o.ne.ga.i.shi.ma.su。

請幫我送乾洗。

❋ 荷物を預かってもらえますか？
ni.mo.tsu.o.a.zu.ka.tte.mo.ra.e.ma.su.ka?

可以幫我保管行李嗎？

part 5

美食享樂篇

哪裡有？

わ しょく
和食
wa.sho.ku
日式餐飲

しょく どう
食堂
sho.ku.dou
食堂

や
ラーメン屋
rā.men.ya
拉麵店

そ ば や
蕎麦屋
so.ba.ya
蕎麥麵店

ちゃ や
お茶屋
o.cha.ya
茶鋪

てん ぷ ら や
天婦羅屋
ten.pu.ra.ya
天婦羅店

やき にく や
焼肉屋
ya.ki.ni.ku.ya
烤肉店

てい しょく や
定食屋
te.i.sho.ku.ya
套餐專門店

この や や
お好み焼き屋
o.ko.no.mi.ya.ki.ya
日式什錦煎餅店

い ざか や
居酒屋
i.za.ka.ya
居酒屋

や たい
屋台
ya.ta.i
路邊攤

こう きゅう に ほん りょう り
高級日本料理
kou.kyuu.ni.hon.ryou.ri
高級日式料理

す し や
寿司屋
su.shi.ya
壽司店

りょう てい
料亭
ryou.te.i
料亭

りょう り や
料裡屋
ryou.ri.ya
日式餐館

よう しょく
洋食
you.sho.ku
西式餐飲

レストラン
re.su.to.ran
西餐廳

や
パン屋
pan.ya
麵包店

きっ さ てん
喫茶店
ki.ssa.ten
咖啡廳

カフェテリア
ka.fe.te.ri.a
自助餐廳

コーヒーショップ
kō.hī.sho.ppu
咖啡店

レストランチェーン
re.su.to.ran.chē.n
連鎖餐廳

松屋
ma.tsu.ya
松屋

吉野家
yo.shi.no.ya
吉野家

天屋
ten.ya
天屋

大戸屋
o.o.to.ya
大戶屋

牛角
gyuu.ka.ku
牛角燒肉店

かに道楽
ka.ni.dou.ra.ku
蟹道樂

餃子の王将
gyou.za.no.ou.shou
王將餃子

カレーハウスCoCo壱番屋
ka.rē.ha.u.su.ko.ko.i.chi.ban.ya
CoCo一番咖哩屋

ファーストフード
fā.su.to.fū.do
速食店

ミスタードーナツ
mi.su.tā.dō.na.tsu
甜甜圈先生(Mister Dount)

ロッテリア
ro.tte.ri.a
儂特利(LOTTERIA)

サブウェイ
sa.bu.we.i
潛艇堡(SUBWAY)

モスバーガー
mo.su bā.gā
摩斯漢堡(MOS BURGER)

マクドナルド
ma.ku.do.na.ru.do
麥當勞(McDonald's)

ケンタッキー・フライドチキン
ken.ta.kkī・fu.ra.i.do.chi.kin
肯德基(KFC)

コンビニ
kon.bi.ni
便利商店

セブンイレブン
se.bun.i.re.bun
7-11

ミニストップ
mi.ni.su.to.ppu
Mini Stop

エーエムピーエム
ē.e.mu.pī.e.mu
ampm

ファミリーマート
fa.mi.ri.mā.to
全家便利商店（Family Mart）

サンクス
san.ku.su
Sunkus

ローソン
rō.son
Lawson

スーパーマーケット
sū.pā.mā.ke.tto
超級市場

ディスカウントストア
di.su.ka.un.to.su.to.a
量販店

營業相關用語

| 開店
ka.i.ten
開店 | オープン
ō.pun
Open | 閉店
he.i.ten
打烊 | クローズド
ku.rō.zu.do
Closed |

| 旬の(季節)料理
shun.no(ki.se.tsu).ryou.ri
季節料理 | 営業中
e.i.gyou.chuu
營業中 | 準備中
jun.bi.chuu
準備中 | のれん
no.ren
暖簾 |

| 新発売
shin.ha.tsu.ba.i
新發售 | 日替わり
hi.ga.wa.ri
每日精選 | 期間限定
ki.kan.gen.te.i
限期販售 | 賞味期限
syou.mi.ki.gen
賞味期限 |

| お買い得
o.ka.i.do.ku
超值特價 | 季節限定
ki.se.tsu.gen.te.i
限定季節販售 | おすすめ
o.su.su.me
廚師推薦 | 盛り合わせ
mo.ri.a.wa.se
大份量什錦 |

不打結極短句

✳ 安くて美味しいラーメン屋を
紹介して下さい。
ya.su.ku.te.o.i.shi.i.rā.men.ya.o.
shou.ka.i.shi.te.ku.da.sa.i。

請介紹我便宜又好吃的拉麵店。

✳ この辺にいいレストランがありますか?
ko.no.hen.ni.i.i.re.su.to.ran.ga.a.ri.ma.su.ka?

請問這附近有好的餐廳嗎?

✳ この 焼鳥屋 に行きたいです。
ko.no. ya.ki.to.ri.ya .ni.i.ki.ta.i.de.su。

我想去這間 燒烤店 。

訂位

予約（よやく）
yo.ya.ku
預約

キャンセル
kyan.se.ru
取消

カウンター席（せき）
ka.un.tā.se.ki
吧檯座位

テーブル席（せき）
tē.bu.ru.se.ki
餐桌座位

ベジタリアン
be.ji.ta.ri.an
素食者

禁煙席（きんえんせき）
kin.en.se.ki
非吸菸區

タバコを吸（す）えますか？
ta.ba.ko.o.su.e.ma.su.ka?
可以抽菸嗎？

會話

明日（あした）の予約（よやく）をしたいのですが。
a.shi.ta.no.yo.ya.ku.o.shi.ta.i.no.de.su.ga。
我想要預約明天的位置。

はい。何時頃（なんじごろ）でしょうか？
ha.i。nan.ji.go.ro.de.syou.ka?
好的。請問您想要預約幾點的呢？

夜（よる）、七時（しちじ）にお願（ねが）いします。
yo.ru, shi.chi.ji.ni.o.ne.ga.i.shi.ma.su。
訂晚上7點。

何名樣（なんめいさま）でしょうか？
nan.me.i.sa.ma.de.syou.ka?
請問有幾位呢？

六人（ろくにん）です。
ro.ku.nin.de.su。
共六位。

客滿時	満席 man.se.ki 客滿	合い席 a.i.se.ki 併桌

會話

席はありますか？
se.ki.wa.a.ri.ma.su.ka?

請問有位置嗎？

申し訳ありませんが、只今満席です。
mou.shi.wa.ke.a.ri.ma.sen.ga, ta.da.i.ma.
man.se.ki.de.su。

非常抱歉，現在全都客滿了。

何時なら空いていますか？
nan.ji.na.ra.a.i.te.i.ma.su.ka?

何時會有空位呢？

15分か20分だと思いますが。
Juu.go.fun.ka.ni.ju.ppun.da.to.
o.mo.i.ma.su.ga。

大約15到20分鐘。

進入餐館中

<table>
<tr>
<td>
かっこく りょうり
各国料理
ka.kko.ku.ryou.ri
各國料理
</td>
<td>
いろ りょう り
色んな料理
i.ron.na.ryou.ri
各式料理
</td>
</tr>
</table>

に ほん りょう り 日本料理 **ni.hon.ryou.ri**	**日本料理**
かい せき りょう り 懐石料理 kai.se.ki.ryou.ri	懷石料理
き せつ りょう り 季節料理 ki.se.tsu.ryou.ri	季節料理
か てい りょう り 家庭料理 ka.te.i.ryou.ri	家庭料理

ちゅう か りょう り 中華料理 **cyuu.ka.ryou.ri**	**中國料理**
し ぜん りょう り 四川料理 shi.sen.ryou.ri	四川料理
かん とん りょう り 広東料理 kan.ton.ryou.ri	廣東料理

メニュー me.nyū 菜單	注文する（ちゅうもん） cyuu.mon.su.ru	オーダー ō.dā
	點菜	

台湾料理（たいわんりょうり）
ta.i.wan.ryou.ri
台灣料理

フランス料理（りょうり）
fu.ran.su.ryou.ri
法國料理

イタリア料理（りょうり）
i.ta.ri.a.ryou.ri
義大利料理

スペイン料理（りょうり）
su.pe.in.ryou.ri
西班牙料理

韓国料理（かんこくりょうり）
kan.ko.ku.ryou.ri
韓國料理

インド料理（りょうり）
in.do.ryou.ri
印度料理

ベトナム料理（りょうり）
be.to.na.mu.ryou.ri
越南料理

タイ料理（りょうり）
ta.i.ryou.ri
泰國料理

庶民の味
sho.min.no.a.ji
王道庶民美味

ライス
ra.i.su
白飯

ご飯
go.han
飯

味噌汁
mi.so.shi.ru
味噌湯

茶碗蒸し
cha.wan.mu.shi
蒸蛋

納豆
na.ttou
納豆

雑炊
zou.su.i
日式什錦鹹粥

オムレツ
o.mu.re.tsu
蛋包飯

カレーライス
ka.rē.ra.i.su
咖哩飯

カツカレー
ka.tsu.ka.rē
豬排咖哩

ビーフカレー
bī.fu.ka.rē
牛肉咖哩

ポークカレー
pō.ku.ka.rē
豬肉咖哩

チキンカレー
chi.kin.ka.rē
雞肉咖哩

シーフードカレー
shī.fū.do.ka.rē
海鮮咖哩

野菜カレー
ya.sa.i.ka.rē
蔬菜咖哩

コロッケカレー
ko.ro.kke.ka.rē
可樂餅咖哩

ハンバーグカレー
han.bā.gu.ka.rē
漢堡排咖哩

お茶漬け
o.cha.zu.ke
茶泡飯

のり茶漬け
no.ri.cha.zu.ke
海苔茶泡飯

鮭茶漬け
sa.ke.cha.zu.ke
鮭魚茶泡飯

梅茶漬け
u.me.cha.zu.ke
醃梅子茶泡飯

どんぶり
don.bu.ri
蓋飯

♥略稱為どん

親子丼
<small>おや こ どん</small>
o.ya.ko.don
雞肉蛋蓋飯

牛丼
<small>ぎゅう どん</small>
gyuu.don
牛肉蓋飯

うな丼
<small>どん</small>
u.na.don
鰻魚蓋飯

天丼
<small>てん どん</small>
ten.don

かつ丼
<small>どん</small>
ka.tsu.don
炸豬排蓋飯

天婦羅蓋飯

お握り
<small>にぎ</small>
o.ni.gi.ri
飯糰

焼きお握り
<small>や にぎ</small>
ya.ki.o.ni.gi.ri
烤飯糰

明太子
<small>めん たい こ</small>
men.ta.i.ko
明太子

鮭
<small>しゃけ</small>
sha.ke
鮭魚

ツナ
tsu.na
鮪魚

梅干し
<small>うめ ぼ</small>
u.me.bo.shi
醃梅子

お好み焼き
<small>この や</small>
o.ko.no.mi.ya.ki
日式什錦煎餅

焼きそば
<small>や</small>
ya.ki.so.ba
日式炒麵

蛸焼き
<small>たこ や</small>
ta.ko.ya.ki
章魚燒

文字焼き
<small>もん じゃ や</small>
mon.ja.ya.ki
文字燒

鉄板焼き
<small>てっ ぱん や</small>
te.ppan.ya.ki
鐵板燒

定食
<small>てい しょく</small>
te.i.sho.ku
日式套餐

焼き肉定食
<small>や にく てい しょく</small>
ya.ki.ni.ku.te.i.sho.ku
燒肉套餐

焼き魚定食
<small>や ざかな てい しょく</small>
ya.ki.za.ka.na.te.i.sho.ku
烤魚套餐

ファーストフード
fā.su.to.fū.do
速食餐

コーンスープ
kō.n.sū.pu
玉米濃湯

ハンバーガー
han.bā.gā
漢堡

フライドポテト
fu.ra.i.do.po.te.to
薯條

ドーナツ
dō.na.tsu
甜甜圈

ハム
ha.mu
火腿

ベーコン
bē.kon
培根

ジャム
ja.mu
果醬

フライドチキン
fu.ra.i.do.chi.kin
炸雞塊

サンドイッチ
san.do.i.cchi
三明治

麵麵俱到

ラーメン
rā.men
拉麵

味噌ラーメン
mi.so.rā.men
味噌拉麵

豚骨ラーメン
ton.ko.tsu.rā.men
豬骨拉麵

醤油ラーメン
shou.yu.rā.men
醬油拉麵

和風ラーメン
wa.fuu.rā.men
和風拉麵

塩ラーメン
shi.o.rā.men
鹹味拉麵

つけ麺
tsu.ke.men
沾麵

トッピング
to.ppin.gu
佐料配菜

わかめ
wa.ka.me
海帶芽

味付け玉子
a.ji.tsu.ke.ta.ma.go
滷蛋

もやし
mo.ya.shi
芽菜

メンマ
men.ma
筍乾

コーン
kō.n
玉米

海苔
no.ri
海苔

うどん
u.don
烏龍麵

蕎麦
so.ba
蕎麥麵

ざるうどん
za.ru.u.don
冷烏龍麵

ざるそば
za.ru.so.ba
冷蕎麥麵

讃岐うどん
sa.nu.ki.u.don
讃岐烏龍麵

月見うどん
tsu.ki.mi.u.don
月見烏龍麵

月見そば
tsu.ki.mi.so.ba
月見蕎麥麵

たぬきうどん
ta.nu.ki.u.don
天婦羅麵渣烏龍麵

たぬきそば
ta.nu.ki.so.ba
天婦羅麵渣蕎麥麵

きつねうどん
ki.tsu.ne.u.don
炸油豆腐烏龍麵

きつねそば
ki.tsu.ne.so.ba
炸油豆腐蕎麥麵

カレーうどん
ka.rē.u.don
咖哩烏龍麵

カレーそば
ka.rē.so.ba
咖哩蕎麥麵

海拼正宗壽司
+
沙西米

♥「あがり」、「がり」
是壽司店裡的專門用
語。

稲荷寿司
i.na.ri.zu.shi
稻荷壽司

刺身
sa.shi.mi
生魚片

鉄火巻き
te.kka.ma.ki
鐵火卷壽司

あがり
a.ga.ri
茶

がり
ga.ri
甜漬生薑

サーモン
sā.mon
燻鮭魚（壽司）

玉子焼き
ta.ma.go.ya.ki
玉子燒（壽司）

エビ
e.bi
鮮蝦（壽司）

♥在日本的迴轉
壽司店一般的
壽司種類有：

握り寿司
に ぎ   ず し
ni.gi.ri.zu.shi
握壽司

巻き寿司
ま   ず し
ma.ki.zu.shi
壽司卷

軍艦巻き
ぐん かん ま
gun.kan.ma.ki
軍艦卷

北寄貝
ほっ き がい
ho.kki.ga.i
北寄貝（壽司）

回転寿司
かい てん ず し
ka.i.ten.zu.shi
迴轉壽司

イクラ
i.ku.ra
魚卵（軍艦）

納豆
なっ とう
na.ttou
納豆（軍艦）

いかげそ
i.ka.ge.so
烏賊腳（壽司）

たこ
ta.ko
章魚（壽司）

^{かい せん しょく ざい}
海鮮食材
ka.i.sen.sho.ku.za.i
海鮮食材

^{ぎょ にく} 魚肉 gyo.ni.ku 魚肉	^{さかな} 魚 sa.ka.na 魚

^{すずき} 鱸 su.zu.ki 鱸魚	^{かじ き} 旗魚 ka.ji.ki 旗魚	^{うなぎ} 鰻 u.na.gi 鰻魚	^{あな ご} 穴子 a.na.go 星鰻
^{かつお} 鰹 ka.tsu.o 鰹魚	^{さけ (しゃけ)} 鮭 sa.ke(sha.ke) 鮭魚	^{たい} 鯛 ta.i 鯛魚	^{たら} 鱈 ta.ra 鱈魚
^{ぶり} 鰤 bu.ri 鰤魚	^{かれい} 鰈 ka.re.i 鰈魚	^{いわし} 鰯 i.wa.shi 沙丁魚	^{さば} 鯖 sa.ba 青花魚
^{あじ} 鰺 a.ji 竹筴魚	^{さん ま} 秋刀魚 san.ma 秋刀魚	ふぐ fu.gu 河豚	^{ひら め} 平目 hi.ra.me 比目魚

^{え び} 海老 e.bi 蝦	^{あま え び} 甘海老 a.ma.e.bi 甜蝦	^{くるま え び} 車海老 ku.ru.ma.e.bi 明蝦	^{しゃこ} 蝦蛄 sha.ko 蝦蛄	^{い せ え び} 伊勢海老 i.se.e.bi 伊勢龍蝦

鮪
ma.gu.ro
鮪魚

赤身
a.ka.mi
背脊偏瘦部位

大トロ
o.o.to.ro
鮪魚腹肉前部

トロ
to.ro
鮪魚腹脂

中トロ
chuu.to.ro
鮪魚腹肉後部

蟹
ka.ni
蟹

カニミソ
ka.ni.mi.so
蟹膏

鮑
a.wa.bi
鮑魚

イカ
i.ka
花枝

蛤（蚌）
ha.ma.gu.ri
文蛤

浅蜊
a.sa.ri
花蛤

かき
ka.ki
牡蠣（蚵）

海胆
u.ni
海膽

つぶ貝
tsu.bu.ga.i
海螺／法螺

♥「蜆」則是蜆，在日本多用來煮味噌湯。

栄螺
sa.za.e
蠑螺

帆立貝
ho.ta.te.ga.i
扇貝

赤貝
a.ka.ga.i
赤貝

熱呼呼鍋物

柳川鍋
ya.na.ga.wa.na.be
泥鰍鍋

しゃぶしゃぶ
sha.bu.sha.bu
涮涮鍋

すき焼き
su.ki.ya.ki
壽喜鍋

♥鍋料理的一種。主要是將肉類放在淺鐵鍋裡半煮半烤，是口味較濃郁及甜的肉火鍋。

寄せ鍋
yo.se.na.be
什錦火鍋

♥是關東（特別是在東京）獨特的一種鍋料理，由於可以在鍋內任意加入喜歡的食材，因此也被稱為「快樂之鍋」。

ちゃんこ鍋
chan.ko.na.be
相撲火鍋

♥原本是給相撲選手吃的力士料理，由於配料營養豐富份量超多，是深受日本人喜愛的日式傳統大火鍋。

おでん
o.den
關東煮

だい こん 大根 da.i.kon 白蘿蔔	ちく わ 竹輪 chi.ku.wa 竹輪	かま ぼこ 蒲鉾 ka.ma.bo.ko 魚板	あぶら あ 油揚げ a.bu.ra.a.ge 油豆腐
とう ふ 豆腐 tou.fu 豆腐	こん にゃく 蒟蒻 kon.nya.ku 蒟蒻	はん ぺん 半平 han.pen 方形魚餅	こん ぶ 昆布 kon.bu 昆布

ロールキャベツ rō.ru.kya.be.tsu 高麗菜捲	♥在日本關西(指以京都、大阪、神戶為中心一帶的地區)おでん也叫「関東煮」。

翻滾吧！中華料理

水餃子
すい ぎょう ざ
su.i.gyou.za
水餃

餃子
ぎょう ざ
gyou.za
煎餃

チャーハン
chā.han
炒飯

五目ラーメン
ご もく
go.mo.ku.rā.men
什錦雜菜麵

饂飩麺
ワン タン メン
wan.tan.men
餛飩麵

担担麺
タン タン メン
tan.tan.men
擔擔麵

叉焼麺
チャーシューメン
chā.shū.men
叉燒麵

酢豚
す ぶた
su.bu.ta
糖醋排骨

麻婆豆腐
まー ぼー どう ふ
mā.bō.dou.fu
麻婆豆腐

春巻き
はる ま
ha.ru.ma.ki
春捲

粽
ちまき
chi.ma.ki
粽子

腸詰め
ちょう ブ
chou.zu.me
香腸

冷し中華
ひや ちゅう か
hi.ya.shi.chuu.ka
中式涼麵

春雨
はる さめ
ha.ru.sa.me
日式冬粉

点心
てん しん
ten.shin
點心

ショーロンポー
shō.ron.pō
小籠包

焼売
シューマイ
shū.ma.i
燒賣

にくまん
ni.ku.man
肉包

呼答啦！居酒屋

もう一杯
mou.i.ppa.i
再一杯

つけ もの
漬物
tsu.ke.mo.no
醃菜

お新香
o.shin.ko
醃漬小菜

お通し
o.to.o.shi
下酒菜

キムチ
ki.mu.chi
韓國泡菜

おつまみ
o.tsu.ma.mi
開胃小菜

ひや やっこ
冷奴
hi.ya.ya.kko
冷豆腐

にく
肉じゃが
ni.ku.ja.ga
馬鈴薯燉肉

えだ まめ
枝豆
e.da.ma.me
毛豆

から あ
唐揚げ
ka.ra.a.ge
（日式）炸雞塊

しお や
サンマの塩焼き
san.ma.no.shi.o.ya.ki
鹽燒秋刀魚

ししゃも
shi.sha.mo
柳葉魚

つくね
tsu.ku.ne
絞肉丸串

や とり
焼き鳥
ya.ki.to.ri
烤雞肉串

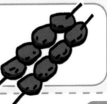

 浪漫燭光晚餐

スープ sū.pu 湯	サラダ sa.ra.da 沙拉	オードブル ō.do.bu.ru 開胃前菜

ステーキ su.tē.ki 牛排	ピザ pi.za 披薩	パスタ pa.su.ta ┊ スパゲッティ su.pa.ge.tti 義大利麵

ビーフシチュー bī.fu.shi.chū 燉牛肉	グラタン gu.ra.tan 西式焗時蔬	リゾット ri.zo.tto （西式）燴飯

ドリア do.ri.a 焗飯	ソーセージ sō.sē.ji 西式香腸	キャビア kya.bi.a 魚子醬

會話

いらっしゃいませ。何名様ですか？
i.ra.ssha.i.ma.se。nan.me.i.sa.ma.de.su.ka?

歡迎光臨！請問有幾位客人呢？

三人です。
san.nin.de.su。

三位。

- - - 不打結極短句 - - -

❋ 英語のメニューはありますか？
e.i.go.no.me.nyū.wa.a.ri.ma.su.ka?
有英文菜單嗎？

❋ 注文をお願いします。
chuu.mon.o.o.ne.ga.i.shi.ma.su。
我想點菜。

❋ 珍しい物が食べたいです。
me.zu.ra.shi.i.mo.no .ga.ta.be.ta.i.de.su。
我想吃少見的東西。

❋ これ(それ)は何ですか？
ko.re.(so.re).wa.nan.de.su.ka?
這(那)是什麼？

❋ お皿を下さい。
o.sa.ra .o.ku.da.sa.i。
請給我盤子。

❋ それはどんな味ですか？
so.re.wa.don.na.a.ji.de.su.ka?
什麼味道呢？

❋ おすすめは何ですか？
o.su.su.me.wa.nan.de.su.ka?
有什麼推薦的嗎？

❋ 私も同じものを下さい。
wa.ta.shi.mo.o.na.ji.mo.no.o.ku.da.sa.i。
我要點一樣的東西。

❋ ビールをキャンセルして下さい。
bī.ru .o.kyan.se.ru.shi.te.ku.da.sa.i。
請取消啤酒。

❋ どれくらい待ちますか？
do.re.ku.ra.i.ma.chi.ma.su.ka?
要等多久呢？

❋ 飲み物を先にお願いします。
no.mi.mo.no.o.sa.ki.ni.o.ne.ga.i.shi.ma.su。
飲料請先上。

しょっき
食器
sho.kki
餐具
ナプキン
na.pu.kin
餐巾
フォーク
fō.ku
叉
さら
お皿
o.sa.ra
盤子
ナイフ
na.i.fu
刀
ストロー
su.to.rō
吸管
スプーン
su.pū.n
湯匙
せんぬ
栓抜き
sen.nu.ki
開瓶器
ワイングラス
wa.in.gu.ra.su
葡萄酒杯
コップ
ko.ppu
杯子

お茶碗
o.cha.wan
飯碗

お箸
o.ha.shi
筷子

おちょこ
o.cho.ko
清酒酒杯

德利
to.kku.ri
清酒酒壺

急須
kyuu.su
小茶壺

湯飲み
yu.no.mi
茶杯

缶切り
kan.ki.ri
開罐器

爪楊枝
tsu.ma.you.ji
牙籤

不打結極短句

✻ お皿を下げて下さい。
o.sa.ra.o.sa.ge.te.ku.da.sa.i。

請將小盤子收走。

✻ すみません、スプーンを落として
しまいました。
su.mi.ma.sen, su.pū.n.o.o.to.shi.te.
shi.ma.i.ma.shi.ta。

對不起，我的湯匙掉了。

✻ お箸を持ってきてもらえますか？
o.ha.shi.o.mo.tte.ki.te.mo.ra.e.ma.su.ka?

能給我筷子嗎？

✻ お絞りを下さい。
o.shi.bo.ri.o.ku.da.sa.i。

請給我擦手巾。

用餐時

| 味
（あじ）
a.ji
味道 | まずい
ma.zu.i
難吃 | ひどい味
（あじ）
hi.do.i.a.ji
味道糟糕 |  |

美味しい
（おい）
o.i.shi.i
美味

旨い
（うま）
u.ma.i
好吃

好き
（す）
su.ki
喜歡

嫌い
（きら）
ki.ra.i
不喜歡

厚い
（あつ）
a.tsu.i
厚

薄い
（うす）
u.su.i
薄

濃い
（こ）
ko.i
濃

薄い
（うす）
u.su.i
淡

冷たい
（つめ）
tsu.me.ta.i
冰

熱い
（あつ）
a.tsu.i
燙

味がない
（あじ）
a.ji.ga.na.i
沒味道

まあまあ
mā.mā
普通、一般

ユニークな味
（あじ）
yu.nī.ku.na.a.ji
味道獨特

口に合う
（くち）（あ）
ku.chi.ni.a.u
合口味

口に合わない
（くち）（あ）
ku.chi.ni.a.wa.na.i
不合口味

良い
（よ）
yo.i
好

悪い
（わる）
wa.ru.i
壞

上品
じょう ひん
jou.hin
高品質、高級

最高
さい こう
sa.i.kou
太好、讚

いい匂い
にお
i.i.ni.o.i
好香

香ばしい
こう
kou.ba.shi.i
（烤出來的）香味

臭い
くさ
ku.sa.i
臭

油っこい
あぶら
a.bu.ra.kko.i
很油

塩っぱい
しょ
sho.ppa.i
鹹

渋い
しぶ
shi.bu.i
澀

酸っぱい
す
su.ppa.i
酸

甘い
あま
a.ma.i
甜

苦い
にが
ni.ga.i
苦

辛い
から
ka.ra.i
辣

調味料
ちょう　み　りょう
chou.mi.ryou
調味料

塩
しお
shi.o
鹽

バター
ba.tā
牛油

チーズ
chī.zu
起士

砂糖
さ　とう
sa.tou
砂糖

ふりかけ
fu.ri.ka.ke
香鬆

ドレッシング
do.re.sshin.gu
沙拉醬汁

マヨネーズ
ma.yo.nē.zu
美乃茲

ケチャップ
ke.cha.ppu
番茄醬

あぶら
a.bu.ra

オイル
o.i.ru

油

味醂
み　りん
mi.rin
味醂

醬油
しょう　ゆ
shou.yu
醬油

わさび
wa.sa.bi
山葵

香辛料
こう　しん　りょう
kou.shin.ryou

スパイス
su.pa.i.su

香辛料

ラー油
rā.yu
辣油

唐辛子
とう　がら　し
tou.ga.ra.shi
辣椒

胡椒
こ　しょう
ko.shou

ペッパー
pe.ppā

胡椒粉

マスタード
ma.su.tā.do
芥末醬

七味唐辛子
しち　み　とう　がら　し
shi.chi.mi.tou.ga.ra.shi
七味辣粉

酢
す
su
醋

柚子酢
ゆ ず す
yu.zu.su
柚醋

ポン酢
ず
pon.zu
柑橘醋醬油

めんつゆ(つゆ)
men.tsu.yu(tsu.yu)
日式麵沾醬

天汁
てん つゆ
ten.tsu.yu
天婦羅醬汁

ソース
sō.su
醬汁

とんかつソース
ton.ka.tsu.sō.su
炸豬排醬汁

胡麻だれ
ご ま
go.ma.da.re
芝麻沾醬

クッキング
ku.kkin.gu
料理法

焼く
や
ya.ku
燒烤/煎

油通しする
あぶら どお
a.bu.ra.do.o.shi.su.ru
過油

茹でる
ゆ
yu.de.ru
燙

炊く
た
ta.ku
煮(米飯)

焙る(炙る)
あぶ
a.bu.ru
烘培

炒める
い
i.ta.me.ru
炒

揚げる
あ
a.ge.ru

フライ
fu.ra.i

炸

煎じる
せん
sen.ji.ru
燉(藥)

蒸す
む
mu.su
蒸

煮る
に
ni.ru
燉煮

掻き混ぜる
か ま
ka.ki.ma.ze.ru
攪拌

焦がす
こ
ko.ga.su
燒焦

にく
肉
ni.ku
肉類

とり にく
鳥肉
to.ri.ni.ku
雞肉

かも にく
鴨の肉
ka.mo.no.ni.ku
鴨肉

ガチョウの肉
ga.chou.no.ni.ku
鵝肉

ぎょ にく
魚肉
gyo.ni.ku
魚肉

ぎゅう にく
牛肉
gyuu.ni.ku

ビーフ
bī.fu
牛肉

ば にく
馬肉
ba.ni.ku
馬肉

ひつじ にく
羊の肉
hi.tsu.ji.no.ni.ku

マトン
ma.ton
羊肉

ぶた にく
豚肉
bu.ta.ni.ku

ポーク
pō.ku
豬肉

たま ご
玉子(卵)
ta.ma.go
蛋

たまご
ゆで卵
yu.de.ta.ma.go
水煮蛋

たまご や
玉子焼き
ta.ma.go.ya.ki
煎蛋

なまたま ご
生玉子(生卵)
na.ma.ta.ma.go
生雞蛋

め だま や
目玉焼き
me.da.ma.ya.ki
荷包蛋

おん せん たま ご
温泉玉子
on.sen.ta.ma.go
溫泉蛋

果物
くだ もの
ku.da.mo.no

フルーツ
fu.rū.tsu

水果

苺
いちご
i.chi.go

ストロベリー
su.to.ro.be.rī

草莓

さくらんぼ
sa.ku.ran.bo

チェリー
che.rī

櫻桃

柿
かき
ka.ki

柿子

メロン
me.ron

哈密瓜

梨
なし
na.shi

梨子

スイカ
su.i.ka

西瓜

ぶどう
bu.dou

葡萄

バナナ
ba.na.na

香蕉

もも
mo.mo

ピーチ
pī.chi

桃子

パイナップル
pa.i.na.ppu.ru

鳳梨

びわ
bi.wa

枇杷

オレンジ
o.ren.ji

柳橙

みかん
mi.kan

橘子

林檎
りん ご
rin.go

アップル
a.ppu.ru

蘋果

レモン
re.mon

檸檬

キウイ
ki.u.i

奇異果

グレープフルーツ
gu.rē.pu.fu.rū.tsu

葡萄柚

野菜
^や^{さい}
ya.sa.i
蔬菜

落花生
^{らっ}^か^{せい}
ra.kka.se.i

ピーナッツ
pī.na.ttsu

花生

栗
^{くり}
ku.ri
栗子

トウモロコシ
to.u.mo.ro.ko.shi
玉米

豆
^{まめ}
ma.me
豆子

ジャガイモ
ja.ga.i.mo
馬鈴薯

薩摩薯
^{さつ}^ま^{いも}
sa.tsu.ma.i.mo
蕃薯

ゴーヤ
gō.ya
苦瓜

キュウリ
kyuu.ri
小黃瓜

カボチャ
ka.bo.cha
南瓜

人参
^{にん}^{じん}
nin.jin
紅蘿蔔

なす
na.su
茄子

ピーマン
pī.man
青椒

アスパラガス
a.su.pa.ra.ga.su
蘆筍

牛蒡
^ご^{ぼう}
go.bou
牛蒡

トマト
to.ma.to
番茄

韮
^{にら}
ni.ra
韮菜

葱
^{ねぎ}
ne.gi
蔥

生姜
^{しょう}^が
shou.ga
薑

ニンニク
nin.ni.ku
蒜頭

玉葱
ta.ma.ne.gi
洋蔥

セロリ
se.ro.ri
芹菜

ほうれん草
hou.ren.sou
波菜

小松菜
ko.ma.tsu.na
油菜

レタス
re.ta.su
萵苣

キャベツ
kya.be.tsu
高麗菜

カリフラワー
ka.ri.fu.ra.wā
花椰菜

ブロッコリー
bu.ro.kko.rī
綠花椰菜

れんこん
ren.kon
蓮藕

竹の子
ta.ke.no.ko
筍

茸
ki.no.ko
茸/蕈/菇

椎茸
shi.i.ta.ke
香菇

マッシュルーム
ma.sshu.rū.mu
蘑菇

松茸
ma.tsu.ta.ke
松茸

銀杏
gin.nan
銀杏

わかめ
wa.ka.me
海藻

昆布
kon.bu
昆布

飲み物 ドリンク
no.mi.mo.no do.nin.ku
飲料

お水
o.mi.zu
水

氷
ko.o.ri
冰塊

お湯
o.yu
熱開水

ミネラルウォーター
mi.ne.ra.ru.wō.tā
礦泉水

乳酸菌飲料
nyuu.san.kin.in.ryou
乳酸菌飲料

カルピス
ka.ru.pi.su
可爾必思

ヤクルト
ya.ku.ru.to
養樂多

コーヒー
kō.hī
咖啡

カプチーノ
ka.pu.chī.no
卡布奇諾

モカ
mo.ka
摩卡咖啡

炭焼きコーヒー
su.mi.ya.ki.kō.hī
炭燒咖啡

エスプレッソ
e.su.pu.re.sso
Espresso

ラテ
ra.te
拿鐵

カフェオレ
ka.fe.o.re
咖啡歐蕾

アメリカンコーヒー
a.me.ri.kan.kō.hī
美式咖啡

牛乳
gyuu.nyuu
鮮奶

ミルク
mi.ru.ku

クリーム
ku.rī.mu
鮮奶油

シロップ
shi.ro.ppu
糖漿

お茶
o.cha

ティー
tī

茶

紅茶
kou.cha

紅茶

ウーロン茶
ū.ron.cha

烏龍茶

緑茶
ryo.ku.cha

綠茶

むぎちゃ
mu.gi.cha

麥茶

玄米茶
gen.ma.i.cha

玄米茶

ミルクティー
mi.ru.ku.tī

奶茶

抹茶
ma.ccha

抹茶

ソフトドリンク
so.fu.to.do.rin.ku

不含酒精飲料

スポーツドリンク
su.pō.tsu.do.rin.ku

運動飲料

ポカリスエット
po.ka.ri.su.e.tto

寶礦力

ジュース
jū.su

果汁

オレンジジュース
o.ren.ji.jū.su

柳橙汁

アップルジュース
a.ppu.ru.jū.su

蘋果汁

炭酸飲料
tan.san.in.ryou

碳酸飲料

コカコーラ
ko.ka.kō.ra

可口可樂

ペプシ
pe.pu.shi

百事可樂

スプライト
su.pu.ra.i.to

雪碧

ラムネ
ra.mu.ne

彈珠汽水

| お酒
（さけ）
o.sa.ke
酒 | アルコール飲料
（いん りょう）
a.ru.kō.ru.in.ryou
含酒精飲料 | ワイン
wa.in
葡萄酒 | 白ワイン
（しろ）
shi.ro.wa.in
白葡萄酒 | 赤ワイン
（あか）
a.ka.wa.in
紅葡萄酒 |

ウィスキー
ui.su.kī
威士忌

ジン
jin
琴酒

ブランデー
bu.ran.dē
白蘭地

ウォッカ
wo.kka
伏特加

テキーラ
te.kī.ra
龍舌蘭

カクテル
ka.ku.te.ru
雞尾酒

マティーニ
ma.tī.ni
Martini（馬丁尼）

マンハッタン
man.ha.ttan
Manhattan（曼哈頓）

ブラッディマリー
bu.ra.ddi.ma.rī
Bloody Mary（血腥瑪莉）

ロングアイランド・アイスティー
ron.gu.a.i.ran.do・a.i.su.tī
Long Island（長島冰茶）

バナナパンチ
ba.na.na.pan.chi
Banana Punch（香蕉潘趣）

ピンクレディー
pin.ku.re.dī
Pink Lady（粉紅佳人）

ビール
bī.ru
啤酒

生ビール
na.ma.bī.ru
生啤酒

ジョッキ
jo.kki
有柄的啤酒杯

焼酎
shou.chuu
燒酒

お湯割り
o.yu.wa.ri
熱開水稀釋

水割り
mi.zu.wa.ri
冷開水稀釋

辛口
ka.ra.ku.chi
辣（酒）

甘口
a.ma.ku.chi
甜（酒）

日本酒
ni.hon.shu

清酒
se.i.shu

日本清酒

熱燗
a.tsu.kan
熱酒

冷酒
re.i.shu
冷酒

サワー
sa.wā
沙瓦

酎ハイ
chū.ha.i
果汁酒

梅酒
u.me.shu
梅酒

乾杯
kan.pa.i
乾杯

一気
i.kki
一口喝下

デザート de.zā.to **甜點**	アイスクリーム a.i.su.ku.rī.mu 冰淇淋	ソフトクリーム so.fu.to.ku.rī.mu 霜淇淋

シュークリーム
shū.ku.rī.mu
泡芙

ワッフル
wa.ffu.ru
（格子狀）鬆餅

 パフェ
pa.fe
聖代

ヨーグルト
yō.gu.ru.to
優格

ムース
mū.su
幕斯

プリン
pu.rin
布丁

ゼリー
ze.rī
果凍

杏仁豆腐
an.nin.dou.fu
杏仁豆腐

あん蜜
an.mi.tsu
日式甜湯

かき氷
ka.ki.go.o.ri
刨冰

宇治金時
u.ji.kin.to.ki
宇治金時

シャーベット
shā.be.tto
冰沙

不打結極短句

✽ コーヒーをもう一杯下さい。
kō.hī.o.mou.i.ppa.i.ku.da.sa.i。
再來一杯咖啡。

✽ デザートはまだですか？
de.zā.to.wa.ma.da.de.su.ka?
甜點還沒來？

✽ 早くして下さい。
ha.ya.ku.shi.te.ku.da.sa.i。
請快點上。

✽ これは注文していません。
ko.re.wa.chuu.mon.shi.te.i.ma.sen。
我沒有點這個菜。

✽ おかわり、お願いします。
o.ka.wa.ri, o.ne.ga.i.shi.ma.su。
再來一份(杯、碗)。

✽ 変な味がします。
hen.na.a.ji.ga.shi.ma.su。
味道怪怪的。

✽ トイレはどこですか？
to.i.re.wa.do.ko.de.su.ka?
請問洗手間在哪裡？

結帳時

税金(ぜいきん)
ze.i.kin
税金

サービス料(りょう)
sā.bi.su.ryou
服務費

勘定(かんじょう)
kan.jou
買單

支払(しはら)い
shi.ha.ra.i
付錢

チップ
chi.ppu
小費

割引(わりびき)クーポン券(けん)
wa.ri.bi.ki.kū.pon.ken
折扣券

割(わ)り勘(かん)
wa.ri.kan
均攤

ごちそうさま

不打結極短句

✸ お勘定をお願いします。
o.kan.jou.o.o.ne.ga.i.shi.ma.su。

請幫我結帳。

✸ 別々にお願いします。
be.tsu.be.tsu.ni.o.ne.ga.i.shi.ma.su。

麻煩分開付。

✸ 領収書（レシート）を下さい。
ryou.shuu.sho.(re.shī.to).o.ku.da.sa.i。

請給我收據（發票）。

✸ クレジットカードは使えますか？
ku.re.ji.tto.kā.do.wa.tsu.ka.e.ma.su.ka?

可以用信用卡結帳嗎？

✸ このクーポン券を使うことができますか？
ko.no.kū.pon.ken.o.tsu.ka.u.ko.to.ga.
de.ki.ma.su.ka?

這張優惠券可以用嗎？

飲食相關數量詞

人數

✴ 何人ですか？
nan.nin.de.su.ka?

幾個人？

一人 hi.to.ri 一人	二人 fu.ta.ri 二人	三人 san.nin 三人

餐點份數

✴ 何人前ですか？
nan.nin.ma.e.de.su.ka?

幾人份？

一人前 i.chi.nin.ma.e 一人份	二人前 ni.nin.ma.e 二人份	三人前 san.nin.ma.e 三人份

酒瓶、筆或是細長形狀物等

✳ 何本ですか？ 　　　　　　　　　　　幾瓶（條）？
　　nan.bon.de.su.ka?

一本	二本	三本
i.ppon	ni.hon	san.bon
一本	二本	三本

茶、咖啡等杯裝飲料或是麵、飯等

✳ 何杯ですか？ 　　　　　　　　　　　幾杯（碗）？
　　nan.ba.i.de.su.ka?

一杯	二杯	三杯
i.ppa.i	ni.ha.i	san.ba.i
一杯	二杯	三杯

💜 詳細數量詞請參照 －「Part.B 知道更便利」單元。

其他相關用語

食事
しょくじ
sho.ku.ji
用餐（吃飯）

朝ご飯
あさ はん
a.sa.go.han

朝食
ちょう しょく
chou.sho.ku

早餐

昼ご飯
ひる はん
hi.ru.go.han

昼食
ちゅう しょく
chuu.sho.ku

ランチ
ran.chi

午餐

アフタヌーンティー
a.fu.ta.nū.n.tī

下午茶

晩ご飯
ばん はん
ban.go.han

夕食
ゆう しょく
yuu.sho.ku

ディナー
di.nā

晚餐

夜食
や しょく
ya.sho.ku

宵夜

山の幸
やま さち
ya.ma.no.sa.chi

山珍

海の幸
うみ さち
u.mi.no.sa.chi

海味

食べ放題
ta.be.hou.da.i
吃到飽

飲み放題
no.mi.hou.da.i
無限暢飲

ビュッフェ
byu.ffe

バイキング料理
ba.i.kin.gu.ryou.ri

自助餐

お持ち帰り
o.mo.chi.ka.e.ri

テイクアウト
te.i.ku.a.u.to

外帶（打包帶走）

立ち食い
ta.chi.gu.i
站著吃

♥在日本，為了迎合快步調的生活節奏，力求飲食服務快速效率，就衍生出一種專門站著吃的小店面。這種小店沒有椅子坐，只能站著吃。

不打結極短句

❋ どうぞ。
dou.zo。

請;請用。

❋ いただきます。
i.ta.da.ki.ma.su。

開動了。

❋ 御馳走様でした。
go.chi.sou.sa.ma.de.shi.ta。

謝謝招待。

❋ お腹いっぱいです。
o.na.ka.i.ppa.i.de.su。

我吃飽了。

❋ お腹がすきました。
o.na.ka.ga.su.ki.ma.shi.ta。

肚子餓了。

おやつ ｜ スナック
o.ya.tsu ｜ su.na.kku
點心 ｜ 零食

和菓子
wa.ga.shi
日式糕點

羊羹
you.kan
羊羹

どら焼き
do.ra.ya.ki
銅鑼燒

鯛焼き
ta.i.ya.ki
鯛燒

煎餅
sen.be.i
仙貝

饅頭
man.juu
日式豆餡饅頭

団子
dan.go
團子

大福
da.i.fu.ku
日式豆餡麻糬

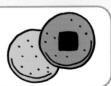

寒天
kan.ten
寒天

駄菓子
da.ga.shi
兒童零嘴

洋菓子
you.ga.shi
西洋糕點

ビスケット
bi.su.ke.tto

クッキー
ku.kkī

餅乾

チョコレート
cho.ko.rē.to
巧克力

キャンディー
kyan.dī
糖果

ポテトチップス
po.te.to.chi.ppu.su
洋芋片

クレープ
ku.rē.pu
可麗餅

アップルパイ
a.ppu.ru.pa.i
蘋果派

ケーキ
kē.ki
蛋糕

チョコレートケーキ
cho.ko.rē.to.kē.ki
巧克力蛋糕

デコレーションケーキ
de.ko.rē.shon.kē.ki

蛋糕裝飾較為華麗，多用於生日或婚禮等場合。

チーズケーキ
chī.zu.kē.ki
起司蛋糕

シフォンケーキ
shi.fon.kē.ki
戚風蛋糕

カステラ
ka.su.te.ra
（蜂蜜）雞蛋糕

バウムクーヘン
ba.u.mu.kū.hen
年輪蛋糕

ロールケーキ
rō.ru.kē.ki
蛋糕卷

モンブラン
mon.bu.ran
蒙布朗

part 6

購物即時通

- 哪裡買？
- 買東西
- 好用短句＆單字大匯整
- 形容詞妙用
- 不可不知的「好康」字彙

哪裡買？

| デパート
de.pā.to
ひゃっ か てん
百貨店
hya.kka.ten
百貨公司 | とう ぶ ひゃっ か てん
東武百貨店
tou.bu.hya.kka.ten
東武百貨 |

とう きゅう ひゃっ か てん
東急百貨店
tou.kyuu.hya.kka.ten

東急百貨

せい ぶ ひゃっ か てん
西武百貨店
se.i.bu.hya.kka.ten
西武百貨

| まつ ざか や
松坂屋
ma.tsu.za.ka.ya
松坂屋 | い せ たん
伊勢丹
i.se.tan
伊勢丹 | だい まる
大丸
da.i.ma.ru
大丸百貨 | みつ こし
三越
mi.tsu.ko.shi
三越百貨 |

けい おう ひゃっ か てん
京王百貨店
ke.i.ou.hya.kka.ten
京王百貨

たか しま や
高島屋
ta.ka.shi.ma.ya
高島屋

| パルコ
pa.ru.ko
PARCO | ラフォーレ
ra.fō.re
Laforet | ショッピングセンター
sho.ppin.gu.sen.tā
大型購物中心 |

| アウトレット店
a.u.to.re.tto.ten
暢貨中心 | フリーマーケット
fu.rī.mā.ke.tto | のみ いち
蚤の市
no.mi.no.i.chi |
| 跳蚤市場 |

商店街 shou.ten.ga.i 商店街	八百屋 ya.o.ya 蔬菜店	魚屋 sa.ka.na.ya 魚舖	肉屋 ni.ku.ya 肉舖
果物屋 ku.da.mo.no.ya 水果店	薬屋 ku.su.ri.ya 藥局	玩具屋 o.mo.cha.ya 玩具店	電気屋 den.ki.ya 電器行
本屋 hon.ya 書店	ドラッグストア do.ra.ggu.su.to.a 藥妝店	洋服屋 you.fu.ku.ya 服飾店	花屋 ha.na.ya 花店
コスメショップ ko.su.me.sho.ppu 化妝品香水店		靴屋 ku.tsu.ya 鞋店	旅行社 ryo.kou.sha 旅行社
タバコ屋 ta.ba.ko.ya 香菸專賣店	金物屋 ka.na.mo.no.ya 五金行	雑貨店 za.kka.ten 雜貨店	写真館 sha.shin.kan 照相館
酒屋 sa.ka.ya 酒類專賣店	アンティークショップ an.tī.ku.sho.ppu 古董店		民芸品店 min.ge.i.hin.ten 民俗藝品店

買東西

買い物 ka.i.mo.no 買東西	ショッピング sho.ppin.gu Shopping

SHOPPING

**藥妝品
專賣部**

メイクアップ me.i.ku.a.ppu 化妝	化粧品 ke.shou.hin 化妝品

脂取り紙 a.bu.ra.to.ri.ga.mi 吸油面紙	コンシーラー kon.shī.rā 遮瑕膏	BBクリーム B.B ku.rī.mu BB霜

ファンデーション fan.dē.shon 粉底	パウダー pa.u.dā 粉餅	パフ pa.fu 粉撲

眉毛 ma.yu.ge 眉	アイブローペンシル a.i.bu.rō.pen.shi.ru 眉筆	目 me 眼睛	瞼 ma.bu.ta 眼瞼

まつげ
ma.tsu.ge
睫毛

付け睫
tsu.ke.ma.tsu.ge
假睫毛

ビューラー
byū.rā
睫毛夾

マスカラ
ma.su.ka.ra
睫毛膏

アイシャドウ
a.i.sha.dou
眼影

アイライナー
a.i.ra.i.nā
眼線筆

カラーコンタクトレンズ
ka.rā.kon.ta.ku.to.ren.zu
彩色隱形眼鏡

頬　チーク
ho.o　chī.ku
頬（臉頬）

頬紅
ho.o.be.ni
腮紅

ブラシ
bu.ra.shi
刷子

口
ku.chi
嘴

リップグロス
ri.ppu.gu.ro.su
唇蜜

リップペンシル
ri.ppu.pen.shi.ru
唇筆

口紅　リップスティック
ku.chi.be.ni　ri.ppu.su.ti.kku
口紅

ネイルケア	手と足	爪	マニキュア
ne.i.ru.ke.a	te.to.a.shi	tsu.me	ma.ni.kyu.a
指甲護理	**手和腳**	指甲	美甲術

ネイルアート
ne.i.ru.ā.to
指甲彩繪

ネイルエナメル
ne.i.ru.e.na.me.ru
指甲油

爪やすり
tsu.me.ya.su.ri
摩指甲

爪切り
tsu.me.ki.ri
指甲剪

除光液
jo.kou.e.ki

エナメルリムーバー
e.na.me.ru.ri.mū.bā

去光水

スキンケア
su.kin.ke.a
肌膚護理

マスク
ma.su.ku

パック
pa.kku

面膜

アイクリーム
a.i.ku.rī.mu
眼霜

ハンドクリーム
han.do.ku.rī.mu
護手霜

リップクリーム
ri.ppu.ku.rī.mu
護唇膏

コラーゲン
ko.rā.gen
膠原蛋白

しわ取り
shi.wa.to.ri
去皺紋

美顔マッサージ
bi.gan.ma.ssā.ji
做臉部SPA

肌質
ha.da.shi.tsu
膚質

オイリー肌
o.i.rī.ha.da
油性皮膚

ノーマル肌
nō.ma.ru.ha.da
中性皮膚

ドライスキン
do.ra.i.su.kin
乾性皮膚

にきび肌
ni.ki.bi.ha.da
青春痘皮膚

アレルギー肌
a.re.ru.gī.ha.da
敏感性皮膚

素顔
su.ga.o
素顔

素肌
su.ha.da
素肌

肌触り
ha.da.za.wa.ri
肌膚觸感

つるつる
tsu.ru.tsu.ru
有光澤

すべすべ
su.be.su.be
滑順

滑らか
na.me.ra.ka
平滑

不愉懶美女 保養步驟

化粧落し
ke.shou.o.to.shi
卸妝

クレンジング
ku.ren.jin.gu
卸妝油

顔を洗う
ka.o.o.a.ra.u
洗臉

洗顔フォーム
sen.gan.fō.mu

洗顔料
sen.gan.ryou
洗面乳

化粧下地
ke.shou.shi.ta.ji
化妝前準備

基礎化粧品
ki.so.ke.shou.hin
基礎化妝品

化粧水、美容液で肌を整える
ha.da.o.to.to.no.e.ru
先用化粧水或精華液調整肌膚

化粧水
ke.shou.su.i

ローション
rō.shon
化妝水

美容液
bi.you.e.ki

エキス
e.ki.su

エッセンス
e.ssen.su
精華液

乳液、クリームで肌を引き締める
ha.da.o.hi.ki.shi.me.ru
再用乳液或是面霜讓肌膚緊緻

乳液
nyuu.e.ki
乳液

クリーム
ku.rī.mu
面霜

日焼け止めクリームで日焼けを防ぐ
hi.ya.ke.o.fu.se.gu
最後用防曬劑防止日曬

日焼け止めクリーム
hi.ya.ke.do.me.ku.rī.mu
防曬霜

紫外線をカットする
shi.ga.i.sen.o.ka.tto.su.ru

UVカット
u.v.ka.tto

防紫外線

我需要

美白 bi.ha.ku 美白	ホワイトニング ho.wa.i.to.nin.gu	保湿 ho.shi.tsu 保濕

水水しい mi.zu.mi.zu.shi.i 水嫩	潤い u.ru.o.i 滋潤

我很煩惱

皺 shi.wa 皺紋	小皺 ko.ji.wa 小細紋

くま ku.ma 黑眼圈	母斑 bo.han 胎記

しみ shi.mi 斑	黒ずみ ko.ro.zu.mi 黑斑	にきび ni.ki.bi 青春痘

痣 a.za	ほくろ ho.ku.ro	そばかす so.ba.ka.su 雀斑
痣		

角栓 ka.ku.sen 粉刺	傷跡 ki.zu.a.to 疤痕

ヘアケア he.a.ke.a **頭髮護理**	シャンプー shan.pū 洗髮	コンディショナー kon.di.sho.nā 潤髮乳

リンス rin.su 潤絲	ヘアトリートメント he.a.to.rī.to.men.to 護髮	ヘアカラーリング剤 he.a.ka.rā.rin.gu.za.i 染色劑

整髮料 se.i.ha.tsu.ryou **整髮用品**	ヘアスタイリングウォーター he.a.su.ta.i.rin.gu.wō.tā 髮妝水

ヘアスタイリングムース he.a.su.ta.i.rin.gu.mū.su 頭髮造型慕斯	ヘアスプレー he.a.su.pu.rē 髮膠	ヘアワックス he.a.wa.kku.su 髮臘

型男/靚女必備

イケメン i.ke.men 型男		美人 bi.jin 靚女

香水 kou.su.i 香水	オーデコロン ō.de.ko.ron 古龍水	デオドラント de.o.do.ran.to 除臭劑

マウスリフレッシュ ma.u.su.ri.fu.re.sshu □氣芳香劑	

鞋子專賣部

履物
ha.ki.mo.no
腳上穿的

ストッキング
su.to.kkin.gu
絲襪

靴下
ku.tsu.shi.ta
ソックス
so.kku.su
襪子

靴
ku.tsu
シューズ
shū.zu
鞋子

革靴
ka.wa.gu.tsu
皮鞋

ハイヒール
ha.i.hī.ru
高跟鞋

サンダル
san.da.ru
涼鞋

ブーツ
bū.tsu
靴子

フラットシューズ
fu.ra.tto.shū.zu
平底鞋

スポーツシューズ
su.pō.tsu.shū.zu
運動鞋

スニーカー
su.nī.kā
球鞋

雨靴
a.ma.gu.tsu
レーンシューズ
rē.n.shū.zu
雨鞋

草履
zou.ri
草鞋

下駄
ge.ta
日式木屐

靴べら
ku.tsu.be.ra
鞋拔

土足厳禁
do.so.ku.gen.kin
嚴禁穿著鞋子進室內

上履き
u.wa.ba.ki
日式室內鞋

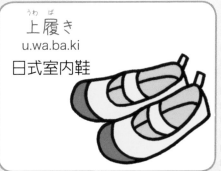

♥在日本進到學校的教室或
是體育館等，通常要換上
日式室內鞋。

配件/飾品
專賣部

アクセサリー
a.ku.se.sa.rī
配件/飾品

メガネ
me.ga.ne
眼鏡

ネクタイ
ne.ku.ta.i
領帶

タイクリップ
ta.i.ku.ri.ppu
領帶夾

ベルト
be.ru.to
皮帶

頭巾
zu.kin
頭巾

マフラー
ma.fu.rā
圍巾

スカーフ
su.kā.fu
絲巾

帽子
bou.shi

キャップ
kya.ppu

帽子

手袋
te.bu.ku.ro

グローブ
gu.rō.bu

手套

傘
ka.sa
雨傘

日傘
hi.ga.sa
陽傘

鞄
ka.ban

バッグ
ba.ggu

包

ブリーフケース
bu.rī.fu.kē.su
公事包

ボストンバッグ
bo.su.ton.ba.ggu
旅行袋

スーツケース
sū.tsu.kē.su
行李箱

リュックサック
ryu.kku.sa.kku
背包

ハンドバッグ
han.do.ba.ggu
手提包

ヘアアクセサリー
he.a.a.ku.se.sa.rī
髮飾

かつら
ka.tsu.ra
假髮

ヘアリング
he.a.rin.gu
髮圈

ヘアバンド
he.a.ban.do
髮箍

ヘアピン
he.a.pin
髮夾

かんざし
簪
kan.za.shi
髮簪

我的皮包裡有

うち わ
団扇
u.chi.wa
圓扇

せん す
扇子
sen.su
扇子

かぎ
鍵
ka.gi
鑰匙

キーホルダー
kī.ho.ru.dā
鑰匙圈

ポーチ
pō.chi
化妝包

サングラス
san.gu.ra.su
太陽眼鏡

ハンカチ
han.ka.chi
手帕

お　　　　かさ
折りたたみ傘
o.ri.ta.ta.mi.ga.sa
摺疊傘

さい ふ
財布
sa.i.fu
錢包

ぐち
がま口
ga.ma.gu.chi
零錢包

我的珠寶盒裡有

ネックレス
ne.kku.re.su
1 項鍊

ピン
pin
2 別針

ブレスレット
bu.re.su.re.tto
3 手鍊

腕輪
うで わ
u.de.wa
4 手環

ブローチ
bu.rō.chi
5 胸針

指輪
ゆび わ
yu.bi.wa | リング
rin.gu
6 戒指

イヤリング
i.ya.rin.gu
7 耳環

ピアス
pi.a.su
8 穿孔耳環

ジュエリーボックス
ju.e.rī.bo.kku.su
9 珠寶盒

貴金属
き きん ぞく
ki.kin.zo.ku
貴重金屬

金
きん
kin
金

ゴールド
gō.ru.do

銀
ぎん
gin
銀

シルバー
shi.ru.bā

白金
はっ きん
ha.kkin
白金

ジュエリー
ju.e.rī
珠寶

翡翠
ひ すい
hi.su.i
翡翠

ジェイド
je.i.do

瑪瑙
め のう
me.nou
瑪瑙

珊瑚
さん ご
san.go
珊瑚

翠玉
すい ぎょく
su.i.gyo.ku
玉

真珠
しん じゅ
shin.ju
珍珠

パール
pā.ru

ダイヤモンド
da.i.ya.mon.do
鑽石

宝石
ほう せき
hou.se.ki
寶石

ルビー
ru.bī
紅寶石

サファイア
sa.fa.i.a
藍寶石

エメラルド
e.me.ra.ru.do
綠寶石

**服飾品
專賣部**

| 洋服
よう ふく
you.fu.ku
洋服 | シャツ
sha.tsu
襯衫 |

| ブラウス
bu.ra.u.su
女裝襯衫 | Tシャツ
ティー
tī.sha.tsu
T恤 | ポロシャツ
po.ro.sha.tsu
POLO衫 | ジャケット
ja.ke.tto
外套 |

| コート
kō.to
大衣 | ベスト チョッキ
be.su.to cho.kki
背心 | スカート
su.kā.to
裙子 |

| ドレス
do.re.su
洋裝 | ワンピース
wan.pī.su
連身裙 | 背広
せ びろ
se.bi.ro
男用西裝 | スーツ
sū.tsu
西裝/套裝 |

| セーター
sē.tā
毛線衣  | カーディガン
kā.di.gan
開襟毛衣外套 | ニット
ni.tto
針織線衫 |

| パンツ ズボン
pan.tsu zu.bon
褲子 | ジーンズ ジーパン
jī.n.zu jī.pan
牛仔褲 | 長ズボン
なが
na.ga.zu.bon
長褲 |

| スポーツウェア
su.pō.tsu.we.a
運動服  | ジャージ
jā.ji
（布料有伸縮性的）運動服 |

其他相關用語

| 冬物
fu.yu.mo.no
冬天的衣服 | 夏物
na.tsu.mo.no
夏天的衣服 | 上着
u.wa.gi
泛指上半身衣物 |

| 外出着
ga.i.shu.tsu.gi
外出服 | 普段着
fu.dan.gi
休閒服 | 部屋着
he.ya.gi
居家服 |

| 着物　和服
ki.mo.no　wa.fu.ku
和服 | 腰帶
ko.shi.o.bi
腰帶 | 紐
hi.mo
帶子 |

| 足袋
ta.bi
日式布襪  | 浴衣
yu.ka.ta
單件和服 |

| 水着
mi.zu.gi
泳裝 | ビキニ
bi.ki.ni
比基尼 | 水泳トランク
su.i.e.i.to.ran.ku
泳褲 |

| キャップ
kya.ppu
泳帽 | ゴーグル
gō.gu.ru
蛙鏡 |

スタイル
su.ta.i.ru
樣式

模様
mo.you

柄
ga.ra

花紋

チェック
che.kku
格子

パターン
pa.tā.n
圖案

花柄
ha.na.ga.ra
碎花

水玉
mi.zu.ta.ma
圓點

ストライプ
su.to.ra.i.pu
條紋

横縞
yo.ko.ji.ma
横紋

縦縞
ta.te.ji.ma
直紋

パーツ
pā.tsu

部品
bu.hin

各部位(零件)

襟
e.ri
領子/領口/襟

ポケット
po.ke.tto
口袋

ぼたん
bo.tan
鈕釦

ファスナー
fa.su.nā

ジッパー
ji.ppā

チャック
cha.kku

拉鍊

裾
su.so
泛指衣服下緣或末端部分

すそを(3センチ)上げる
su.so.o.(san.sen.chi)a.ge.ru
下擺縮（三公分）

すそを(3センチ)下げる
su.so.o.(san.sen.chi)sa.ge.ru
下擺放（三公分）

内衣專賣部

下着
shi.ta.gi
内衣褲

肌着
ha.da.gi
貼身衣物

アンダーパンツ
an.dā.pan.tsu
男用内褲

ブラジャー
bu.ra.jā
女性内衣

パンティー
pan.tī
女用内褲

ペチコート
pe.chi.kō.to
襯裙

ガードル
gā.do.ru
束褲

寝巻き
ne.ma.ki
睡衣

パジャマ
pa.ja.ma
兩件式睡衣

日常生活
雑貨部

日常生活 ni.chi.jou.se.i.ka.tsu 日常生活	雑貨 za.kka 雜貨

掃除 sou.ji 清潔/打掃	掃除機 sou.ji.ki 吸塵器	雑巾 zou.kin 抹布

バケツ ba.ke.tsu 水桶	モップ mo.ppu 拖把	ほうき hou.ki 掃帚	塵取り chi.ri.to.ri 畚斗

キッチン ┊ 台所 ki.cchin ┊ da.i.do.ko.ro 廚房	エプロン e.pu.ron 圍裙 

包丁 hou.chou 菜刀 	まな板 ma.na.i.ta 砧板 

ミキサー
mi.ki.sā
果汁攪拌器

日式特色商品

招き猫
ma.ne.ki.ne.ko
招財貓

漆器
shi.kki
漆器

剣
ken
劍

刀
ka.ta.na
刀

太鼓
ta.i.ko
太鼓

凧
ta.ko
風箏

こま
ko.ma
陀螺

風鈴
fuu.rin
風鈴

人形
nin.gyou
人偶

屏風
byou.bu
屏風

折り紙
o.ri.ga.mi
摺紙

文房具 ぶんぼうぐ **bun.bou.gu** **文具用品**	スケッチブック su.ke.cchi.bu.kku 素描簿	ノート nō.to 筆記本	カレンダー ka.ren.dā 月曆
ホッチキス ho.cchi.ki.su 釘書機	ゼムクリップ ze.mu.ku.ri.ppu 迴紋針	カッター ka.ttā 美工刀	はさみ ha.sa.mi 剪刀
糊 のり no.ri 膠水	紙 かみ ka.mi 紙張	画鋲 がびょう ga.byou 圖釘	テープ tē.pu 膠帶

定規
じょうぎ
jou.gi
畫直線、曲線或圓形的製圖用具

物指し ものさし mo.no.sa.shi 尺	メジャー me.jā 捲尺

封筒 ふうとう fuu.tou 信封	便箋 びんせん bin.sen 信紙	名刺 めいし me.i.shi 名片	名刺入れ めいしいれ me.i.shi.i.re 名片夾

絵の具 えのぐ **e.no.gu** **畫具**	クレヨン ku.re.yon 蠟筆	筆 ふで fu.de 毛筆 

色鉛筆 いろえんぴつ i.ro.en.pi.tsu 色鉛筆 	顔料 がんりょう gan.ryou 顔料	パステル pa.su.te.ru 粉彩

筆箱
ふで ばこ
fu.de.ba.ko

ペンケース
pen.kē.su

鉛筆盒

インク
in.ku
❶ 墨水

万年筆
まん ねん ぴつ
man.nen.hi.tsu
❷ 墨水筆 / 鋼筆

消しゴム
け
ke.shi.go.mu
❸ 橡皮擦

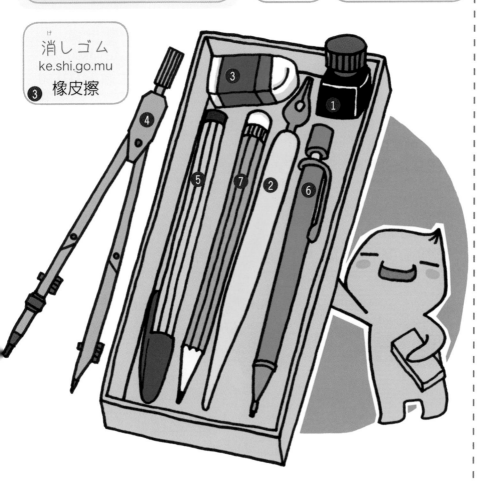

コンパス
kon.pa.su
❹ 圓規

ボールペン
bō.ru.pen
❺ 原子筆

シャープペン
shā.pu.pen
❻ 自動鉛筆

鉛筆
えん ぴつ
en.pi.tsu
❼ 鉛筆

3C電器
用品部

實用小家電
知名品牌

アイワ
a.i.wa
愛華/AIWA

ソニー
so.nī
索尼/SONY

サンポー
san.pō
聲寶/SAMPO

富士通
fu.ji.tsuu
富士通/Fujitsu

日立
hi.ta.chi
日立/HITACHI

三菱
mi.su.bi.shi
三菱/MITSUBISHI

東芝
tou.shi.ba
東芝/TOSHIBA

パナソニック
pa.na.so.ni.kku
國際牌/Panasonic

キャノン
kya.non
佳能/CANON

シャープ
shā.pu
夏普/SHARP

實用小家電
隨身類

電卓
den.ta.ku
計算機

ウォークマン
wō.ku.man
隨身聽

イヤホン
i.ya.hon
耳機

ラジオ
ra.ji.o
收音機

レコーダー
re.kō.dā
錄音機

携帯電話
ke.i.ta.i.den.wa
手機

エムピースリー
e.mu.pī.su.rī
MP3

アイポッド
a.i.po.ddo
iPod

アイフォーン
a.i.fō.n
iPhone

アイパッド
a.i.pa.ddo
iPad

實用小家電 家用類	炊飯器 su.i.han.ki 電鍋	洗濯機 sen.ta.ku.ki 洗衣機	電子レンジ den.shi.ren.ji 微波爐
アイロン a.i.ron 熨斗	DVDプレーヤー dī.bu.i.dī.pu.rē.yā DVD播放機		電気 den.ki 電燈
ビデオデッキ bi.de.o.de.kki 錄放影機	オーディオ ō.di.o 音響裝置	ステレオ su.te.re.o 立體音響裝置	スピーカー su.pī.kā 揚聲器/喇叭
テレビ te.re.bi 電視	リモコン ri.mo.kon 遙控器	プロジェクタ pu.ro.je.ku.ta 投影機	電話 den.wa 電話
ヒーター hī.tā 電暖爐	ストーブ su.tō.bu 暖爐	炬燵 ko.ta.tsu 日式附暖爐桌	

時計 to.ke.i 時鐘	腕時計 u.de.do.ke.i 手錶	目覚まし時計 me.za.ma.shi.do.ke.i 鬧鐘

懐中時計 ka.i.chuu.do.ke.i 懷錶	砂時計 su.na.do.ke.i 沙漏

カメラ
ka.me.ra
相機

デジタルカメラ
de.ji.ta.ru.ka.me.ra
數位相機

デジタル写真フレーム
de.ji.ta.ru.sha.shin.fu.rē.mu
數位相框

シャッター
sha.ttā
快門

相機週邊配備

フラッシュ
fu.ra.sshu
閃光燈

三脚
san.kya.ku
三腳架

電池
den.chi
電池

充電池
juu.den.chi

バッテリー
ba.tte.rī

可充式電池

写真レンズ
sha.shin.ren.zu
攝影鏡頭

フィルター
fi.ru.tā
濾光鏡

マクロレンズ
ma.ku.ro.ren.zu
微距鏡頭

ズームレンズ
zū.mu.ren.zu
變焦鏡頭

広角ズームレンズ
kou.ka.ku.zū.mu.ren.zu
廣角變焦鏡頭

望遠ズームレンズ
bou.en.zū.mu.ren.zu
長距變焦鏡頭

不打結極短句

✳ レンズを交換できますか？
ren.zu.o.kou.kan.de.ki.ma.su.ka?

可以拆換鏡頭嗎？

✳ これ、使い易いですか？
ko.re, tsu.ka.i.ya.su.i.de.su.ka?

這操作簡單嗎？

コンピュータ
kon.pyū.ta
電腦

パソコン
pa.so.kon
個人電腦/PC

マイクロソフト
ma.i.ku.ro.so.fu.to
微軟作業系統

アップルコンピューター
a.ppu.ru.kon.pyū.tā
蘋果電腦

マッキントッシュ
ma.kkin.to.sshu
麥金塔作業系統

電腦週邊配備

プリンター
pu.rin.tā
印表機

スキャナー
su.kya.nā
掃描器

メモリー
me.mo.rī
記憶體

メモリーカード
me.mo.rī.kā.do
記憶卡

フラッシュメモリー
fu.ra.sshu.me.mo.rī
快閃記憶體

延長コード
en.chou.kō.do
延長線

コンセント
kon.sen.to
插座

プラグ
pu.ra.gu
插頭

ノートパソコン
nō.to.pa.so.kon
筆記型電腦

キーボード
kī.bō.do
鍵盤

カーソル
kā.so.ru
游標

マウス
ma.u.su
滑鼠

マウスパッド
ma.u.su.pa.ddo
滑鼠墊

ソフトウェア
so.fu.to.we.a
軟體

ハードディスク
hā.do.di.su.ku
硬碟

変圧器
hen.a.tsu.ki

トランス
to.ran.su

變壓器

電玩俱樂部

ゲームセンター
gē.mu.sen.tā
電動遊樂場

コンピュータゲーム
kon.pyū.ta.gē.mu
電腦遊戲

パソコンゲーム
pa.so.kon.gē.mu
PC遊戲

テレビゲーム
te.re.bi.gē.mu
電視遊戲

携帯型ゲーム
ki.i.ta.i.ga.ta.gē.mu
口袋型遊戲

アーケードゲーム
ā.kē.do.gē.mu
電子遊戲機台

知名品牌

プレイステーション
pu.re.i.su.tē.shon
PlayStation

任天堂
nin.ten.dō
任天堂

Wii
wī
Wii

ゲームセット
gē.mu.se.tto
遊戲機

種類
shu.ru.i

遊戲種類

シュミレーション
shu.mi.rē.shon

模擬

育成シュミレーション
i.ku.se.i.shu.mi.rē.shon

養育模擬

歴史シュミレーション
re.ki.shi.shu.mi.rē.shon

歷史模擬

ロールプレイングシュミレーション(RPG)
rō.ru.pu.re.in.gu.shu.mi.rē.shon

角色扮演

コンペティション
kon.pe.ti.shon

競賽

勝負
shou.bu

勝負

試合
shi.a.i

比賽

競技
kyou.gi

競技

競争
kyou.sou

競爭

アクション
a.ku.shon

動作

格闘
ka.ku.tou

格鬥

スポーツ
su.pō.tsu

運動

リズムアクション
ri.zu.mu.a.ku.shon

節拍動作

リラクゼーション
ri.ra.ku.zē.shon

放鬆緩和

シューティング
shū.tin.gu

射擊

アドベンチャー(AVG)
a.do.ben.chā

歷險

レースゲーム（RCG）
rē.su.gē.mu
競速遊戲

飛行機
hi.kou.ki
飛機

宇宙船
u.chuu.sen
太空船

船
fu.ne
船

自動車
ji.dou.sha
汽車

オートバイ
ō.to.ba.i
摩托車

自転車
ji.ten.sha
腳踏車

乗り物
no.ri.mo.no
搭乘工具

クイズゲーム
ku.i.zu.gē.mu
問答遊戲

問題
mon.da.i

クイズ
ku.i.zu

クエッション
ku.e.sshon

問題

解答
ka.i.tou
解答

アンサー
an.sā
回答

答え
ko.ta.e
答案

学習
ga.ku.shuu

勉強
ben.kyou

学ぶ
ma.na.bu

學習

トレーニング
to.rē.nin.gu
訓練

練習
ren.shuu
練習

攻略本付きゲーム
kou.rya.ku.bon.tsu.ki.gē.mu
附破解手冊遊戲

テーブルゲーム
tē.bu.ru.gē.mu
桌上遊戲

カードゲーム
kā.do.gē.mu
紙牌遊戲

麻雀
mā.jan
麻將

サイコロ
sa.i.ko.ro
骰子

人生ゲーム
jin.se.i.gē.mu
人生遊戲

♥遊戲規則類似台灣的大富翁。

ボードゲーム
bō.do.gē.mu
盤上遊戲

囲碁
i.go
圍棋

駒
ko.ma
棋子

中国将棋
chuu.go.ku shou.gi
象棋

オセロ
o.se.ro
奧塞羅棋

チェス
che.su
西洋棋

将棋
shou.gi
將棋

影音商品
&書店

紀伊国屋
ki.no.ku.ni.ya
紀伊國書店

出版社
shu.ppan.sha
出版社

作家
sa.kka
作家

小説
shou.se.tsu
小說

伝記
den.ki
傳記

エッセー
e.ssē
散文

絵本
e.hon
繪本

レシピ
re.shi.pi
食譜

TOWER RECORDS
タワーレコード
ta.wā.re.kō.do
淘兒影音

CD
shī.dī
CD

レコード
re.kō.do
唱片

音楽
on.ga.ku
音樂

宅天堂

秋葉原
a.ki.ha.ba.ra
秋葉原

アニメ
a.ni.me
動畫

カートゥーン
kā.tū.n
卡通

宮崎駿
mi.ya.za.ki.ha.ya.o
宮崎駿

となりのトトロ
to.na.ri.no.to.to.ro
龍貓（宮崎駿）

千と千尋の神隠し
sen.to.chi.hi.ro.no.ka.mi.ka.ku.shi
神隱少女（宮崎駿）

ゴジラ
go.ji.ra
哥吉拉

大友克洋
o.o.to.mo.ka.tsu.hi.ro
大友克洋

AKIRA
a.ki.ra
光明戰士阿基拉（大友克洋）

ポケットモンスター
po.ke.tto.mon.su.tā
口袋怪獸

機動戦士ガンダム
ki.dou.sen.shi.gan.da.mu
鋼彈

漫画
man.ga
漫畫

藤子不二雄
fu.ji.ko.fu.ji.o
藤子不二雄

ドラえもん
do.ra.e.mon
哆啦A夢（藤子不二雄）

手塚治虫
te.zu.ka.o.sa.mu
手塚治虫

ブラックジャック
bu.ra.kku.ja.kku
怪醫黑傑克（手塚治虫）

鉄腕アトム
te.tsu.wan.a.to.mu
原子小金剛（手塚治虫）

石ノ森章太郎
i.shi.no.mo.ri.shou.ta.rou
石之森章太郎

仮面ライダー
ka.men.ra.i.dā
假面騎士(石之森章太郎)

さくらももこ
sa.ku.ra.mo.mo.ko
櫻桃子

ちびまる子ちゃん
chi.bi.ma.ru.ko.chan
櫻桃小丸子(櫻桃子)

尾田栄一郎
o.da.e.i.i.chi.rou
尾田榮一郎

ONE PIECE
wan.pī.su
海賊王(尾田榮一郎)

鳥山明
to.ri.ya.ma.a.ki.ra
鳥山明

Dr. Slump
do.ku.tā.su.ran.pu
機器娃娃阿拉蕾(鳥山明)

ドラゴンボール
do.ra.gon.bō.ru
七龍珠(鳥山明)

其他相關用語

有名な
yu.u.me.i.na
有名的

噂
u.wa.sa
傳聞的

流行る
ha.ya.ru
流行

人気
nin.ki
人氣

雰囲気
fun.i.ki

ムード
mū.do
氣氛

ヒット
hi.tto
大受歡迎

フィギュア
fi.gyu.a
公仔

模型
mo.ke.i
模型

キャラクター
kya.ra.ku.tā
卡通人物

ガチャガチャ
ga.cha.ga.cha

ガチャポン
ga.cha.pon
扭蛋

景品
ke.i.hin
泛指玩遊戲時贏得的獎品

おまけ
o.ma.ke
附贈商品

好用短句&單字大匯整

<table>
<tr><td>

問_とい合_あわせる
to.i.a.wa.se.ru
詢問

</td><td>

値段_{ね だん}
ne.dan

價錢

</td><td>

価格_{か かく}
ka.ka.ku

</td><td>

ブランド
bu.ran.do
品牌

</td></tr>
</table>

問_とい合_あわせる
to.i.a.wa.se.ru
詢問

値段_{ねだん}
ne.dan
價錢

価格_{かかく}
ka.ka.ku

ブランド
bu.ran.do
品牌

デザイン
de.za.in
設計款式

新作_{しんさく}
shin.sa.ku
新款

不打結極短句

✳ ショーケースの中_{なか}にある腕時計_{うでどけい}
を見_みせてもらえますか？
shō.kē.su.no.na.ka.ni.a.ru.u.de.do.ke.i.
o.mi.se.te.mo.ra.e.ma.su.ka?

可以讓我看一下櫥窗裡的手錶嗎？

✳ 少_{すこ}し安_{やす}くなりませんか？
su.ko.shi.ya.su.ku.na.ri.ma.sen.ka?

可以便宜一點嗎？

✳ ジーンズを探_{さが}しています。
jī.n.zu.o.sa.ga.shi.te.i.ma.su。

我正在找牛仔褲。

✳ プラダのバッグはどこで買_かえますか？
pu.ra.da.no.ba.ggu.wa.do.ko.de.ka.e.
ma.su.ka?

哪裡可以買得到PRADA的包包？

色 i.ro	カラー ka.rā	特別な色 to.ku.be.tsu.na.i.ro	蛍光 ke.i.kou
顔色		特殊顏色	螢光色

金色 kin.i.ro	ゴールド gō.ru.do	銀色 gin.i.ro	シルバー shi.ru.bā
金色	金	銀色	銀

不打結極短句

✳ この色、好きです。
　　ko.no.i.ro, su.ki.de.su。
　　　　　　　　　　　　　　　我喜歡這個顏色。

✳ 別の色はありますか？
　　be.tsu.no.i.ro.wa.a.ri.ma.su.ka?
　　　　　　　　　　　　　　　有其他的顏色嗎？

暖色系 （明亮的顏色）	ピンク pin.ku	桃色 mo.mo.i.ro	
		粉紅色	

ホワイト ho.wa.i.to	白 shi.ro	赤 a.ka	レッド re.ddo
白色		紅色	

ブラウン bu.ra.un	茶色 cha.i.ro	オレンジ色 o.ren.ji.i.ro	だいだい色 da.i.da.i.i.ro
褐色	茶色	橘色	橙色

イエロー | 黄色（き いろ）
i.e.rō | ki.i.ro
黃色

ベージュ
bē.ju
米黃色

肌色（はだ いろ）
ha.da.i.ro
膚色

グリーン | 緑色（みどり いろ）
gu.rī.n | mi.do.ri.i.ro
綠色

黄緑（き みどり）
ki.mi.do.ri
黃綠色

オリーブ色（いろ）
o.rī.bu.i.ro
草綠色

寒色系
（深沈的顏色）

グレー | 灰色（はい いろ）
gu.rē | ha.i.i.ro
灰色

ねずみ色（いろ）
ne.zu.mi.i.ro

パープル | 紫（むらさき）
pā.pu.ru | mu.ra.sa.ki
紫色

菫色（すみれ いろ）
su.mi.re.i.ro
淺紫色

ブルー | 青（あお）
bu.rū | a.o
藍色

空色（そら いろ）
so.ra.i.ro
天藍色

水色（みず いろ）
mi.zu.i.ro
水藍色

紺（こん）
kon
深藍色

ライトブルー
ra.i.to.bu.rū
淺藍色

藍色（あい いろ）
a.i.i.ro
靛色

ブラック | 黒色（こく しょく）
bu.ra.kku | ko.ku.sho.ku
黑色

黒（くろ）
ku.ro

墨色（すみ いろ）
su.mi.i.ro
墨色

不打結極短句

※ 沢山の色がありますね！（たく さん / いろ）
ta.ku.san.no.i.ro.ga.a.ri.ma.su.ne！

有好多顏色喔！

生地 （きじ） ki.ji **質料**	材料 （ざいりょう） za.i.ryou 材料	綿 （めん） men	コットン ko.tton 棉	ウール ū.ru 羊毛
麻 （あさ） a.sa 麻	織物 （おりもの） o.ri.mo.no 紡織品	絹 （きぬ） ki.nu	シルク shi.ru.ku 絲	布 （ぬの） nu.no 布

レース rē.su 蕾絲	糸 （いと） i.to 線			ナイロン na.i.ron 尼龍
合成繊維 （ごうせいせんい） gou.se.i.sen.i 合成纖維		ポリエステル po.ri.e.su.te.ru 聚酯纖維		アクリル繊維 （せんい） a.ku.ri.ru.sen.i 壓克力纖維
毛糸 （けいと） ke.i.to 毛線	カシミア ka.shi.mi.a 羊絨	羽毛 （うもう） u.mou 羽絨		絨毯 （じゅうたん） juu.tan 地毯

素材 （そざい） so.za.i **材質**	プラスチック pu.ra.su.chi.kku 塑膠	ビニール bi.nī.ru 塑料	ステンレス su.ten.re.su 不鏽鋼
鉄 （てつ） te.tsu 鐵	アルミニウム a.ru.mi.ni.u.mu 鋁	錫 （すず） su.zu 錫	陶器 （とうき） tou.ki 陶器

磁器
ji.ki
磁器

ガラス
ga.ra.su
玻璃

クリスタル
ku.ri.su.ta.ru
水晶

革
ka.wa

レザー
re.zā

皮革

自然
shi.zen
自然

天然
ten.nen
天然

エコ（ロジー）
e.ko.(ro.jī)
環保

紙
ka.mi

ペーパー
pē.pā

紙

和紙
wa.shi
日本紙

關於尺寸

サイズ
sa.i.zu
尺寸

ぴったり
pi.tta.ri

丁度いい
chou.do.i.i

剛好（恰好）

大きい
o.o.ki.i
大

でかい
de.ka.i
巨大

小さい
chi.i.sa.i
小

不打結極短句

✳ もっと大きいサイズはありますか？
mo.tto.o.o.ki.i.sa.i.zu.wa.a.ri.ma.su.ka?
有更大的尺寸嗎？

✳ もっと小さいサイズはありませんか？
mo.tto.chi.i.sa.i.sa.i.zu.wa.a.ri.ma.sen.ka?
沒有更小的尺寸嗎？

✳ 大き過ぎる。
o.o.ki.su.gi.ru。
太大了。

✳ 小さ過ぎる。
chi.i.sa.su.gi.ru。
太小了。

嘗試 & 反應 (感覺)	気に入る ki.ni.i.ru (對人、事、物)中意	気に入った ki.ni.i.tta	気に入らない ki.ni.i.ra.na.i (對人、事、物)不喜歡

不打結極短句

❀ 試食できますか？
　shi.sho.ku.de.ki.ma.su.ka?　　　請問可以試吃嗎？

❀ 口に合いますか？
　ku.chi.ni.a.i.ma.su.ka?　　　合口味嗎？

❀ 口に合う。
　ku.chi.ni.a.u。　　　合口味。

❀ 口に合わない。
　ku.chi.ni.a.wa.na.i。　　　不合口味。

不打結極短句

❀ 試着できますか？
　shi.cha.ku.de.ki.ma.su.ka?　　　請問可以試穿嗎？

❀ 似合いますか？
　ni.a.i.ma.su.ka?　　　穿起來好看嗎？（適合嗎？）

❀ 似合う。
　ni.a.u。　　　穿起來好看。（適合。）

❀ 似合わない。
　ni.a.wa.na.i。　　　穿起來不好看。（不適合。）

不打結極短句

✲ 新(あたら)しいのをください。
a.ta.ra.shi.i.no.o.ku.da.sa.i。
請給我新的。

✲ どちらがいいと思(おも)いますか？
do.chi.ra.ga.i.i.to.o.mo.i.ma.su.ka?
你覺得哪一個比較好？

✲ どちらにしようかな。
do.chi.ra.ni.shi.yo.u.ka.na。
我不曉得該挑哪一個。

✲ これをください。
ko.re.o.ku.da.sa.i。
請給我這個。

✲ これに決(き)めた。
ko.re.ni.ki.me.ta。
我決定買這個。

關於包裝

---- 不打結極短句 ----

✻ これは 自分用 です。
ji.bun.you
ko.re.wa. ji.bun.you .de.su。

這是 自己用的 。

💟 可替換以下單字：

ギフト gi.fu.to	贈り物 おく もの o.ku.ri.mo.no	プレゼント pu.re.zen.to	御土産 お みやげ o.mi.ya.ge
	禮物		土產

誕生日プレゼント
たん じょう び
tan.jou.bi.pu.re.zen.to
生日禮物

---- 不打結極短句 ----

✻ きれいに 包んでください。
つつ
ki.re.i.ni.tsu.tsun.de.ku.da.sa.i。

請包裝漂亮一點。

✻ リボンをつけてください。
ri.bon.o.tsu.ke.te.ku.da.sa.i。

請打上緞帶。

✻ 包装はいらないです。
ほう そう
hou.sou.wa.i.ra.na.i.de.su。

不用包了。

✻ 紙袋はいらないです。
かみ ぶくろ
ka.mi.bu.ku.ro.wa.i.ra.na.i.de.su。

不要紙袋。

 關於結帳

会計係
ka.i.ke.i.ga.ka.ri
出納

レジ
re.ji
收銀機

不打結極短句

✽ いくらですか？
i.ku.ra.de.su.ka?
多少錢？

✽ 現金で払います。
gen.kin.de.ha.ra.i.ma.su。
付現金。

✽ 税金は含まれていますか？
ze.i.kin.wa.fu.ku.ma.re.te.i.ma.su.ka?
有含稅嗎？

✽ クレジットカードで払えますか？
ku.re.ji.tto.kā.do.de.ha.ra.e.ma.su.ka?
能用信用卡付嗎？

不打結極短句　　　　　關於退稅

✽ 税金払い戻しの手続きの仕方を
教えてください。
ze.i.kin.ha.ra.i.mo.do.shi.no.te.tsu.zu.ki.no.
shi.ka.ta.o.o.shi.e.te.ku.da.sa.i。
請告訴我如何辦理退稅。

✽ 税金払い戻しの受付は
どこですか？
ze.i.kin.ha.ra.i.mo.do.shi.no.u.ke.tsu.ke.wa.
do.ko.de.su.ka?
退稅櫃位在哪邊呢？

關於退換貨

----- 不打結極短句 -----

❋ 不良品だと思います。
fu.ryou.hin.da.to.o.mo.i.ma.su。
我想它是瑕疵品。

❋ ここが壊れています。
ko.ko.ga.ko.wa.re.te.i.ma.su。
這裡壞了。

❋ これを返品したいのですが。
ko.re.o.hen.pin.shi.ta.i.no.de.su.ga。
我想退這個東西。

❋ 返金してもらえますか?
hen.kin.shi.te.mo.ra.e.ma.su.ka?
可以退錢嗎?

❋ これを取り替えてください。
ko.re.o.to.ri.ka.e.te.ku.da.sa.i。
請換這個。

❋ 返品します。
hen.pin.shi.ma.su。
退貨。

❋ 返金します。
hen.kin.shi.ma.su。
退錢。

形容詞妙用

い形容詞	楽しい ta.no.shi.i 快樂的	苦しい ku.ru.shi.i 辛苦的	嬉しい u.re.shi.i 高興的

面白い o.mo.shi.ro.i 有趣的	詰まらない tsu.ma.ra.na.i 無聊的	暗い ku.ra.i 暗(指顏色)	明るい a.ka.ru.i 明亮(指顏色)

安い ya.su.i 便宜	高い ta.ka.i 貴		易しい ya.sa.shi.i 容易	難しい mu.zu.ka.shi.i 難

長い na.ga.i 長	短い mi.ji.ka.i 短	きつい ki.tsu.i 緊	緩い yu.ru.i 鬆

大きい o.o.ki.i 大	小さい chi.i.sa.i 小	重い o.mo.i 重	軽い ka.ru.i 輕

格好が良い ka.kkou.ga.i.i 樣子好看	格好が悪い ka.kkou.ga.wa.ru.i 樣子不好看	素晴らしい su.ba.ra.shi.i 超優

な形容詞

快適
ka.i.te.ki
舒適

爽やか
sa.wa.ya.ka
爽朗

派手
ha.de
太花/顏色太強烈

地味
ji.mi
樸素

御洒落
o.sha.re
好品味

複雑
fu.ku.za.tsu
複雜

簡単
kan.tan
簡單

見事
mi.go.to
讚

素敵
su.te.ki
超棒

華やか
ha.na.ya.ka
華美

立派
ri.ppa
壯麗

ゴージャス
gō.ja.su
華麗

シンプル
shin.pu.ru
簡潔

繊細
sen.sa.i
纖細

おしとやか
o.shi.to.ya.ka
優雅

知性的
chi.se.i.te.ki
知性的

副詞

ぴったり
pi.tta.ri
剛好

すっきり
su.kki.ri
清爽

あっさり
a.ssa.ri
清淡

さっぱり
sa.bba.ri
清淨

不可不知的「好康」字彙

お買得
か.い.ど.く
o.ka.i.do.ku
超值購

格安 ka.ku.ya.su 超便宜	激安 ge.ki.ya.su	特価 to.kka 特價	徳用品 to.ku.you.hin 超值商品
割引 wa.ri.bi.ki 打折	割安 wa.ri.ya.su 優惠	値引き ne.bi.ki 減價	値下げ ne.sa.ge 降價
安値 ya.su.ne 低價	半額 han.ga.ku 半價	安売り ya.su.u.ri 便宜賣	セール品 sē.ru.hin 特價品

バーゲンセール bā.gen.sē.ru 打折拋售	ディスカウント di.su.ka.un.to 折扣

新商品発売記念キャンペーンを実施中です
shin.shou.hin.ha.tsu.ba.i.ki.nen.kyan.pē.n.o.ji.sshi.juu.de.su
新品上市紀念促銷活動實施中

♥當店家貼出這些字眼時，就是撿超值便宜的大好時機啦！

part 7 觀光玩樂體驗篇

- 日本文化與藝術
- 結伴同遊好去處
- 購票詢問
- 拍照
- 禁止用語
- 東京山手線轉一圈

日本文化與藝術

文化 ぶん か bun.ka **文化**	茶道 さ どう sa.dou 茶道	いけ花 ばな i.ke.ba.na 花道	書道 しょ どう sho.dou 書法

武道 ぶ どう bu.dou **日本武術**	剣道 けん どう ken.dou 劍道	空手 から て ka.ra.te 空手道	柔道 じゅう どう juu.dou 柔道	武士 ぶ し bu.shi 武士	侍 さむらい sa.mu.ra.i

参拝 さん ぱい san.pa.i **參拜**	神社 じんじゃ jin.ja 神社	鳥居 とり い to.ri.i 神社入口的門（象徵神域）

お寺 てら o.te.ra 寺廟	山門 さん もん san.mon 寺廟的正門	絵馬 え ま e.ma 繪馬	破魔矢 は ま や ha.ma.ya 破魔箭 

御守り お まも o.ma.mo.ri 護身符	おみくじ o.mi.ku.ji 籤詩	手水舎 ちょう ず や chou.zu.ya 讓參拜者洗手、漱口的地方

お賽銭 さい せん o.sa.i.sen 香油錢	初詣で はつ もう ha.tsu.mou.de 在新年第一次去神社或是寺廟參拜	大晦日 おお みそ か o.o.mi.so.ka 指除夕夜

有名神社與寺廟

<table>
<tr><td>

せん そう じ
浅草寺
sen.sou.ji

浅草寺

</td><td>

♥位於東京都台東区；又名金龍山淺草寺，供奉的本尊是聖觀音。原屬天台宗，第二次世界大戰後獨立，成為聖觀音宗的總本山。

</td></tr>
<tr><td>

めい じ じん ぐう
明治神宮
me.i.ji.jin.guu

明治神宮

</td><td>

♥位於東京都渋谷区；為日本神道的重要神社，是供奉明治天皇和昭憲皇太后靈位的地方。

</td></tr>
<tr><td>

やす くに じん じゃ
靖国神社
ya.su.ku.ni.jin.ja

靖國神社

</td><td>

♥位於東京都千代田区；是國家神道的象徵；供奉自明治維新以來為日本帝國戰死的軍人及軍屬，大多數是在中日戰爭及太平洋中陣亡的日軍官兵及殖民地募集兵。由於靖國的祭祀對象包括了14名甲級戰犯，因此常被反日派人士視為日本軍國主義的象徵。

</td></tr>
<tr><td>

かま くら だい ぶつ
鎌倉大仏
ka.ma.ku.ra.da.i.bu.tsu

鎌倉大佛

</td><td>

♥位於神奈川県鎌倉市；擁有日本最著名的佛像之一，高達13.35米，重約93噸的露天阿彌陀佛青銅塑像。

</td></tr>
<tr><td>

つる がおか はち まん ぐう
鶴岡八幡宮
tsu.ru.ga.o.ka.ha.chi.man.guu

鶴岡八幡宮

</td><td>

♥位於神奈川県千代田区；舊社格為國幣中社（現神社本廳的別表神社）。武家源氏、鎌倉武士之守護神。也稱作鎌倉八幡宮。

</td></tr>
<tr><td>

とう だい じ
東大寺
tou.da.i.ji

東大寺

</td><td>

♥位於奈良市雑司町；由信奉佛教的聖武天皇建立的。東大寺是全國68所國分寺的總寺院。因建在首都平城京以東，所以被稱作東大寺。

</td></tr>
</table>

| せ かい い さん
世界遺產
se.ka.i.i.san
世界遺產 | き ねん ひ
記念碑
ki.nen.hi
紀念碑 | モニュメント
mo.nyu.men.to | い せき
遺跡
i.se.ki
遺跡 |

| こ せき
古跡
ko.se.ki
古蹟 | こ じょう
古城
ko.jou
古城 | | ぶん か い さん
文化遺產
bun.ka.i.san
文化遺產 |

ほう りゅう じ ち いき　　ぶっ きょう けん ぞう ぶつ
法隆寺地域の仏教建造物
hou.ryuu.ji.chi.i.ki.no.bu.kkyou.ken.zou.bu.tsu
法隆寺地域的佛教建築物

♥位於奈良縣生駒郡斑鳩町；認定於1993年，建築樣式受到中國六朝的影響很大，是所謂「飛鳥樣式」的代表。這些木造建築物記錄了日本接受佛教的歷史，以及佛教由中國傳入的過程。

ひめ じ じょう
姫路城
hi.me.ji.jou
姫路城

♥位於兵庫縣姬路市；認定於1993年，和熊本城、松本城合稱日本三大名城；由於其白色的外牆，也被稱為白鷺城。

こ と きょう と　　ぶん か ざい
古都京都の文化財
ko.to.kyou.to.no.bun.ka.za.i
古都京都的文化財

♥指存在於日本京都府京都市、宇治市及滋賀縣大津市的寺院、神社、城堡的總稱；認定於1994年，此建築群見證了日本文化在這一段期間的發展，也為當時的日本藝術留下了紀錄。

しら かわ ごう　　 ご か やま　　がっ しょう づく　　しゅう らく
白川郷・五箇山の合掌造り集落
shi.ra.ka.wa.gou • go.ka.ya.ma.no.ga.sshou.zu.ku.ri.shuu.ra.ku

白川郷五箇山的合掌造聚落

♥位於岐阜縣白川郷、富山縣南砺市；認定於1995年，合掌造為木造建築物，是日本一種特殊的民宅形式，特色是以茅草覆蓋的屋頂，呈人字型的屋頂如同雙手合十一般，稱為「合掌」。

原爆ドーム
げんばく
gen.ba.ku.dō.mu

原子彈爆炸圓頂屋

💜 位於広島市中区；認定於1996年，美軍以原子彈轟炸廣島，爆炸中心附近的建築物幾乎皆被夷為平地，此圓頂屋勉強屹立沒有傾倒，因而被作為該起事件的紀念物而獲得保存。

厳島神社
いつくしまじんじゃ
i.tsu.ku.shi.ma.jin.ja

嚴島神社

💜 位於広島県厳島；認定於1996年，擁有約一千四百年的歷史，為日本國內其他約五百座嚴島神社的總本社。神社大部分建築結構均被日本政府列為國寶，亦收藏許多國寶級的文物。

古都奈良の文化財
ことなら　ぶんかざい
ko.to.na.ra.no.bun.ka.za.i

古都奈良的文化財

💜 位於奈良県奈良市；認定於1998年。奈良在西元710年　794年是日本的首都，也就是平城京，是當時政治、經濟、文化的中心。這段期間在奈良建造了大量的神社、寺院及皇宮，這些建築物見證了日本文化在奈良時期的發展。

日光の社寺
にっこう　しゃじ
ni.kkou.no.sha.ji

日光的神社與寺院

💜 指存在於日本栃木県日光市的神社與寺院的總稱；認定於1999年。其中，建築最為華麗的是二荒山神社及輪王寺。

琉球王国のグスク及び関連遺産群
りゅうきゅうおうこく　　　　およ　かんれん　いさんぐん
ryuu.kyuu.ou.ko.ku.no.gu.su.ku.o.yo.bi.kan.ren.i.san.gun

琉球王國的城堡以及相關遺產群

💜 位於沖繩本島的古蹟群；認定於2000年，包括琉球國的城牆遺跡、御嶽（神域）以及王陵等。

紀伊山地の霊場と参詣道
きいさんち　れいじょう　さんけいみち
ki.i.san.chi.no.re.i.jou.to.san.ke.i.mi.chi

紀伊山地的靈場和參拜道

💜 橫跨和歌山縣、奈良縣及三重縣的寺院及參拜路線（熊野古道、高野山町石道及峰奧駈道）；認定於2004年，是全世界僅有的兩處與「道路」相關的世界遺產。

石見銀山遺跡とその文化的景観
いわみぎんざん いせき　　　ぶんかてきけいかん
i.wa.mi.gin.zan.i.se.ki.to.so.no.bun.ka.te.ki.ke.i.kan

石見銀山

💜 位於島根県大田市；認定於2007年，是日本戰國時代後期、江戶時代前期日本最大的銀礦山，產量曾高達當時全球的30％，此外也有銅、鐵等礦產。

しぜんいさん 自然遺産 shi.zen.i.san **自然遺產**	やくしま 屋久島 ya.ku.shi.ma 屋久島	💙位於鹿兒島縣佐多岬的南方海上小島；認定於1993年，由豐富的森林植被覆蓋，主要樹種為杉木。最著名的是在1993年列入世界遺產的神木－繩文杉。
	しらかみさんち 白神山地 shi.ra.ka.mi.san.chi 白神山地	💙位於青森秋田縣境的山地；認定於1993年，是一片未經人類破壞的山毛櫸原生林地域。
	しれとこくりつこうえん 知床国立公園 shi.re.to.ko.ko.ku.ri.tsu.kou.en 知床國立公園	💙位於北海道知床半島；認定於2005年，多數區域為原生林所覆蓋，並有棕熊、北海道狐狸、虎頭海鵰、白尾海雕、海豹等野生動物。
ふくごういさん 複合遺産 fu.ku.gou.i.san 複合遺產		💙目前，經聯合國教科文組織審核被批准列入「世界遺產名錄」的日本國內文化與自然世界遺產共有14項，其中包括11項文化遺產、3項自然遺產。

すもう 相撲 su.mou **相撲**	どひょう 土俵 do.hyou 相撲的競技場	ぎょうじ 行司 gyou.ji 相撲裁判 
りきし 力士 ri.ki.shi 力士	せきとり 関取 se.ki.to.ri 十兩以上的力士	よこづな 横綱 yo.ko.zu.na 相撲力士最高等級
おおぜき 大関 o.o.ze.ki 地位僅次於橫綱		せきわけ 関脇 se.ki.wa.ke 地位次於大關

こ むすび
小結
ko.mu.su.bi
地位在大關之下

ちょん まげ
丁髷
chon.ma.ge
相撲選手頭上的日式髮髻

まわ
回し
ma.wa.shi

ふんどし
fun.do.shi

相撲選手綁在腹腰際的帶狀物

に ほん ぶ よう
日本舞踊
ni.hon.bu.you
日本傳統舞蹈總稱

ま
舞い
ma.i

♥配合莊嚴的歌曲跟音樂，沉靜端莊的舞蹈方式。

のう がく
能楽
nou.ga.ku
能樂

おど
踊り
o.do.ri

♥配合輕快的歌曲跟音樂，以腳輕踏拍子加手勢，活潑的舞蹈方式。

ぼん おど
盆踊り
bon.o.do.ri
盂蘭盆會的傳統舞蹈

あ わ おど
阿波踊り
a.wa.o.do.ri
阿波舞蹈

振り
fu.ri

♥配合歌曲跟音樂，把日常生活中的狀態以舞蹈演劇方式表現。

歌舞伎
ka.bu.ki
歌舞伎

♥涵蓋歌（音樂）、舞（舞蹈）、伎（伎芸）這三種技藝，日本特有的舞台演劇樣式。

歌舞伎舞踊
ka.bu.ki.bu.you
歌舞伎舞蹈

花道
ha.na.mi.chi

♥歌舞伎演員出入至舞台的長形走道。

芝居小屋
shi.ba.i.go.ya
歌舞伎劇場

稽古
ke.i.ko
排練

練習
ren.shuu
練習

文楽
bun.ra.ku
人偶劇

♥以三人操控的日本傳統人偶舞台演劇。

人形遣い
nin.gyou.tsu.ka.i
人偶操控師

和楽器
wa.ga.kki
日本傳統樂器

小鼓
ko.tsu.zu.mi
日式小鼓

和琴
wa.gon
和琴

尺八
sha.ku.ha.chi
尺八

三味線
sha.mi.sen
三味線

祭り
ma.tsu.ri
祭典

お盆
o.bon

盂蘭盆会
u.ra.bon.e
盂蘭盆會

夜景
ya.ke.i
夜景

線香花火
sen.kou.ha.na.bi
仙女棒

花火
ha.na.bi
煙火

知名祭典
及煙火大會

雪祭り
yu.ki.ma.tsu.ri
雪祭

♥ 每年2月於北海道札幌市舉行，會場矗立著大大小小的雪雕，主會場1.5公里長的區域內儼如一座白雪的博物館。

天神祭
tan.jin.ma.tsu.ri
天神祭

♥ 每年5月於東京都舉行，是東京最有名的一大節日。江戶時代巡遊隊伍受到將軍保護，允許進入將軍居住的江戶城中，因此也有「天下祭」之稱。主打活動在單數年份舉行，雙數年份的活動則規模較小。

神田祭
kan.da.ma.tsu.ri
神田祭

♥ 每年7月於大阪市北區舉行，是世界上最大規模的水上慶典。它是祭奉「學問和藝術之神」菅原道真的天滿宮在夏季舉辦的節慶活動。

隅田川花火大会
su.mi.da.ga.wa.ha.na.bi.ta.i.ka.i
隅田川煙火大會

♥ 每年7月於東京都舉行，是歷史悠久煙花大會，現以競賽的方式演出。

祇園祭
gi.on.ma.tsu.ri
祇園祭

♥ 每年7月於京都市祇園社舉行，在京都的主幹道上演的節目最為精彩，豪華的巡遊隊伍由大約30座名為「山矛」的花車組成。廟會的起源相傳是1100年前，人們為了安撫掌管疾病的神靈，扎起花車穿街過巷而開始的。

長岡まつり大花火大会
なが おか おお はな び たい かい
na.ga.o.ka.ma.tsu.ri.o.o.ha.na.bi.tai.ka.i
長岡祭大煙火大會

💜 每年8月於新潟縣長岡市舉行，信濃川上空的大型煙花最富有魅力。魄力十足的2萬發之多的煙火將夏天夜空點綴得璀璨絢爛。

全国花火競技大会
ぜん こく はな び きょう ぎ たい かい
zen.ko.ku.ha.na.bi.kyou.gi.ta.i.ka.i
全國煙火競技大會

💜 每年8月於秋田縣大仙市舉行，為了爭奪日本第一的頭銜，從日本各地選拔出的一流煙火師齊聚一堂互較高下，是日本最具指標性的煙火大會。

土浦全国花火競技大会
つち うら ぜん こく はな び きょう ぎ たい かい
tsu.chi.u.ra.zen.ko.ku.ha.na.bi.kyou.gi.ta.i.ka.i
土浦全國花火競技大會

💜 每年10月於茨城縣土浦市舉行，是一個擁有歷史傳統的競技大會，可以觀賞最新的煙花作品。

芸術
げい じゅつ
ge.i.ju.tsu
藝術

博物館
はく ぶつ かん
ha.ku.bu.tsu.kan
博物館

美術館
び じゅつ かん
bi.ju.tsu.kan
美術館

博覧会
はく らん かい
ha.ku.ran.ka.i
博覽會

展覧会カタログ
てん らん かい
ten.ran.ka.i.ka.ta.ro.gu
展覽會目錄

ギャラリー
gya.ra.rī
畫廊

催し物
もよお もの
mo.yo.o.shi.mo.no
展示集會活動

バリアフリー
ba.ri.a.fu.rī
無障礙空間

アトリエ
a.to.ri.e
藝術家等的工作室

スタジオ
su.ta.ji.o

芸術家
げい じゅつ か
ge.i.ju.tsu.ka
藝術家

アーティスト
ā.ti.su.to

画家
が か
ga.ka
畫家

彫刻家
chou.ko.ku.ka
雕塑家

工芸家
kou.ge.i.ka
工藝家

作品
sa.ku.hin
作品

創作
sou.sa.ku
創作

原作
gen.sa.ku
原作

名作
me.i.sa.ku
名作

駄作
da.sa.ku
拙劣作品

力作
ri.ki.sa.ku
嘔心瀝血之作

不打結極短句

✴ 今、何の展示会をやっていますか？
i.ma, nan.no.ten.ji.ka.i.o.ya.tte.i.ma.su.ka?
現在正在展覽什麼？

✴ ミュージアムショップはどこですか？
myū.ji.a.mu.sho.ppu.wa.do.ko.de.su.ka?
請問博物館販售中心在哪裡？

✴ カバンは預けなければなりませんか？
ka.ban.wa.a.zu.ke.na.ke.re.ba.na.ri.ma.sen.ka?
包包一定要寄放嗎？

✴ 開館は何時ですか？
ka.i.kan.wa.nan.ji.de.su.ka?
什麼時候開館呢？

✴ 展示室で写真撮影はできますか？
ten.ji.shi.tsu.de.sha.shin.sa.tsu.e.i.wa.de.ki.ma.su.ka?
在展覽室可以拍照嗎？

文藝知青參觀禮儀

静かにご観覧ください
shi.zu.ka.ni.go.kan.ran.ku.da.sa.i

請安靜參觀

展示品および展示ケースに触れないでください
ten.ji.hin.o.yo.bi.ten.ji.kē.su.ni.fu.re.na.i.de.ku.da.sa.i

請勿觸碰展示品及展示櫃

危険物の持込みはお断りします
ki.ken.bu.tsu.no.mo.chi.ko.mi.wa.o.ko.to.wa.ri.shi.ma.su

禁止攜帶危險物品

携帯電話による通話及びメールの使用はご遠慮願います
ke.i.ta.i.den.wa.ni.yo.ru.tsuu.wa.o.yo.bi.mē.ru.no.shi.you.wa.
go.en.ryo.ne.ga.i.ma.su

請勿使用手機通話及mail的發送

飲食は決められた場所でお願いします
in.sho.ku.wa.ki.me.ra.re.ta.ba.sho.de.o.ne.ga.i.shi.ma.su

飲食請在指定場所

劇場 げき じょう ge.ki.jou **劇場**	観客 かん きゃく kan.kya.ku 觀眾	俳優 はい ゆう ha.i.yuu	役者 やく しゃ ya.ku.sha
		演員	

女優 じょ ゆう Jo.yuu 女演員	男優 だん ゆう dan.yuu 男演員	リハーサル ri.hā.sa.ru 彩排	上演 じょう えん Jou.en 上演

芝居 しば い shi.ba.i	演劇 えん げき en.ge.ki	パフォーマンス pa.fō.man.su 表演	公演 こう えん kou.en 公開演出
演戲			

休憩 きゅう けい kyuu.ke.i 中場休息	千秋楽 せん しゅう らく sen.shuu.ra.ku 閉幕演出	カーテンコール kā.ten.kō.ru 謝幕

有名的劇場

東京宝塚劇場
とう きょう たから づか げき じょう
tou.kyou.ta.ka.ra.zu.ka.ge.ki.jou
東京宝塚劇場

♥ 位於東京都有樂町；團員均為未婚女性，結婚即意味著需要離開劇團。寶塚歌劇團的男角亦當然由女性「反串」演出，現為日本的一個大型表演團體。

不打結極短句

✽ 国立劇場では何を上演して(い)ますか？
こく りつ げき じょう　　なに　じょう えん
ko.ku.ri.tsu.ge.ki.jou.de.wa.na.ni.o.jou.en.shi.te.
(i).ma.su.ka?

國立劇場現在上演什麼？

映画 e.i.ga	ムービー mū.bī	シネマ shi.ne.ma	映画館 e.i.ga.kan
	電影		電影院

字幕 ji.ma.ku	タイトル ta.i.to.ru	配役 ha.i.ya.ku	キャスト kya.su.to
字幕	片名	卡司	

主役 shu.ya.ku	わき役 wa.ki.ya.ku	監督 kan.to.ku	新作 shin.sa.ku	話題作 wa.da.i.sa.ku
主角	配角	導演	新作品	話題作品

上映する jou.e.i.su.ru	予告編 yo.ko.ku.hen	試写会 shi.sha.ka.i	初公開 ha.tsu.kou.ka.i
上映	預告	試映會	首映

電影種類	サイエンスフィクション sa.i.en.su.fi.ku.shon	推理映画 su.i.ri.e.i.ga
	科幻片	推理片

ラブストーリー ra.bu.su.tō.rī	恋物語 ko.i.mo.no.ga.ta.ri	アクション映画 a.ku.shon.e.i.ga
戀愛故事		動作片

戦争映画
sen.sou.e.i.ga

戰爭片

ドキュメンタリー映画
do.kyu.men.ta.rī.e.i.ga

紀錄片

コメディー
ko.me.dī

喜劇片

アニメーション映画
a.ni.mē.shon.e.i.ga

動畫片

ホラー映画
ho.rā.e.i.ga

恐怖片

- - - - 不打結極短句 - - - - -

✳ 吹き替え版ですか、それとも
字幕ですか？
fu.ki.ka.e.ban.de.su.ka, so.re.to.mo.
ji.ma.ku.de.su.ka?

它是配音版的，
還是有字幕的？

音楽
on.ga.ku
音樂

声楽
se.i.ga.ku
聲樂

オペラ
o.pe.ra
歌劇

独唱
do.ku.shou
獨唱

ソロ
so.ro
獨唱、獨奏

演奏会
en.sou.ka.i
演奏會

オーケストラ
ō.ke.su.to.ra
管弦樂團

ピアノ
pi.a.no
鋼琴

バイオリン
ba.i.o.rin
小提琴

チェロ
che.ro
大提琴

ティンパニ
tin.pa.ni
定音鼓

クラリネット
ku.ra.ri.ne.tto
黑管

音楽家
on.ga.ku.ka
音樂家

指揮者
shi.ki.sha
指揮

コンサート
kon.sā.to
演唱會

アンコール
an.kō.ru
安可

ポップソング
po.ppu.son.gu
流行歌曲

演歌
en.ka
演歌

ラップ
ra.ppu
饒舌歌

ジャズ
ja.zu
爵士

ロック
ro.kku
搖滾

韓流
kan.ryuu
哈韓風

華流
fā.ryū
中華流行風

拍手喝采
ha.ku.shu.ka.ssa.i
拍手喝采

不打結極短句

✽ スマップ のコンサートはいつですか？
su.ma.ppu .no.kon.sā.to.wa.i.tsu.de.su.ka?

SMAP的演唱會
是什麼時候？

各種舞蹈表演

ダンサー dan.sā 舞者	モダンダンス mo.dan.dan.su 現代舞

タップダンス ta.ppu.dan.su 踢踏舞	バレエ ba.re.e 芭蕾舞

エンターテイメント
en.tā.te.i.men.to
娛樂

芸能人 ge.i.nou.jin	タレント ta.ren.to

藝人

アイドル a.i.do.ru 偶像	スター su.tā 明星	歌手 ka.shu 歌手	ミュージシャン myū.ji.shan 音樂人

テレビの番組 te.re.bi.no.ban.gu.mi 電視節目	テレビドラマ te.re.bi.do.ra.ma 電視連續劇	チャンネル chan.ne.ru 電視頻道

ファン fan 歌迷、影迷、狂熱者	サイン sa.in 簽名

結伴同遊好去處

すい ぞく かん
水族館
su.i.zo.ku.kan
水族館

ほっ きょく ぐま
北極熊
ho.kkyo.ku.gu.ma

しろ くま
白熊
shi.ro.ku.ma

北極熊

ペリカン
pe.ri.kan
鵜鶘

ペンギン
pen.gin
企鵝

アシカ
a.shi.ka
海獅

イルカ
i.ru.ka
海豚

うみ どり
海鳥
u.mi.do.ri

かもめ
ka.mo.me

海鷗

くじら
鯨
ku.ji.ra
鯨魚

さめ
鮫
sa.me
鯊魚

ひとで
hi.to.de
海星

シール
shī.ru

あざらし
a.za.ra.shi

海豹

ビーバー
bī.bā
海狸

ラッコ
ra.kko
海獺

ねっ たい ぎょ
熱帯魚
ne.tta.i.gyo
熱帯魚

くらげ
ku.ra.ge
水母

かめ
亀
ka.me
龜

うみ がめ
海亀
u.mi.ga.me
海龜

人氣水族館

かい ゆう かん 海遊館 ka.i.yuu.kan 海遊館	♥ 位於大阪府大阪市；世界最大級水族館。以模擬太平洋生態修建的深9米大水槽為中心，將環繞太平洋火山帶的自然環境分為14個區域，真實再現了其生態環境、氣候與海洋生物的生長過程。
か さい りん かい すい ぞく えん 葛西臨海水族園 ka.sa.i.rin.ka.i.su.i.zo.ku.en 葛西臨海水族園	♥ 位於東京都江戸川区；館内將世界分為7個海域進行展示，最吸引人的是巨大的水槽内巡遊的金槍魚群，在這裡可觀賞到世界各地的各種魚類。
おき なわ ちゅ うみ すい ぞく かん 沖縄美ら海水族館 o.ki.na.wa.chu.ra.u.mi.su.i.zo.ku.kan 沖縄美ら海水族館	♥ 位於沖縄県本部町；最為引人注目的是飼養有金背鯊的超大型水槽，以無接縫技術建造的有機玻璃牆，為觀衆提供巨型超寬海底世界的視窗。另外，還有世界上獨一無二的大規模珊瑚生態飼養水槽。

不打結極短句

ぜっ たい み
絶対見るべきところはどこですか？
ze.tta.i.mi.ru.be.ki.to.ko.ro.wa.do.ko.de.su.ka?

哪些地方是一定要參觀的？

動物園
dou.bu.tsu.en
動物園

動物
dou.bu.tsu
動物

鹿
shi.ka
鹿

キリン
ki.rin
長頸鹿

しまうま
shi.ma.u.ma
ゼブラ
ze.bu.ra
斑馬

象
zou
象

豹
hyou
豹

獅子
shi.shi
ライオン
ra.i.on
獅子

虎
to.ra
タイガー
ta.i.gā
老虎

熊
ku.ma
熊

ジャイアントパンダ
ja.i.an.to.pan.da
パンダ
pan.da
大熊貓

コアラ
ko.a.ra
無尾熊

ワニ
wa.ni
鱷魚

カバ
ka.ba
河馬

サイ
sa.i
犀牛

カンガルー
kan.ga.rū
袋鼠

猪
i.no.shi.shi
山豬

駱駝
ra.ku.da
駱駝

チンパンジー
chin.pan.jī
黑猩猩

ゴリラ
go.ri.ra
大猩猩

狒々
hi.hi
狒狒

猿
sa.ru
猴子

狸(狸) ta.nu.ki 狸	狐 ki.tsu.ne 狐	へび he.bi 蛇		蝙蝠 kou.mo.ri 蝙蝠	鳥 to.ri 鳥
鸚鵡 o.u.mu 鸚鵡	雉 ki.ji 雉	くじゃく ku.ja.ku 孔雀	梟 fu.ku.rou 貓頭鷹		鷹 ta.ka 鷹

人氣動物園

あさひやまどうぶつえん
旭山動物園
a.sa.hi.ya.ma.dou.bu.tsu.en
旭山動物園

♥ 位於北海道旭川市；日本最北端的動物園。

うえのどうぶつえん
上野動物園
u.e.no.dou.bu.tsu.en
上野動物園

♥ 位於東京都台東區；是日本最古老、有名的動物園。來自中國的熊貓是園內最有名的動物之一，在上野車站有一尊熊貓的塑像，是站內的地標。

たまどうぶつこうえん
多摩動物公園
ta.ma.dou.bu.tsu.kou.en
多摩動物公園

♥ 位於東京都日野市；園內有放養形式的獅子園、虎園、日本猿猴的亞細亞園和長頸鹿等的非洲園。園區保留了原始林相，走在其中猶如置身於一個森林公園。

----- 不打結極短句 -----

✱ どうぶつ さわ
動物を触ってもいいですか？
dou.bu.tsu.o.sa.wa.tte.mo.i.i.de.su.ka?

可以摸動物嗎？

✱ けん がく
見学ツアーはありますか？
ken.ga.ku.tsu.ā.wa.a.ri.ma.su.ka?

有導覽團嗎？

牧場
ぼく じょう
bo.ku.jou
牧場

羊
ひつじ
hi.tsu.ji
羊

山羊
やぎ
ya.gi
山羊

羊の毛刈り
ひつじ け が
hi.tsu.ji.no.ke.ga.ri
剃羊毛

馬
うま
u.ma
馬

乗馬体験
じょう ば たい けん
jou.ba.ta.i.ken
騎馬體驗

うさぎ
u.sa.gi
兔子

うさちゃんだっこ
u.sa.chan.da.kko
抱兔子

牛
うし
u.shi
牛

乳牛
にゅう ぎゅう
nyuu.gyuu
乳牛

ホルスタイン
ho.ru.su.ta.in

牛のお乳を搾る
うし ちち しぼ
u.shi.no.o.chi.chi.o.shi.bo.ru
擠牛奶

豚
ぶた
bu.ta
豬

こぶたのレース
Ko.bu.ta.no.rē.su
小豬賽跑

あひる
a.hi.ru
鴨子

あひるの大行進
だい こう しん
a.hi.ru.no.da.i.kou.shin
鴨子大巡遊

駝鳥
だ ちょう
da.chou
駝鳥

ロバ
ro.ba
驢子

牧羊犬
ぼく よう けん
bo.ku.you.ken
牧羊犬

池 i.ke 池塘	昆虫 kon.chuu 昆蟲	蝶々 chou.chou 蝴蝶	蛾 ga 蛾	くも ku.mo 蜘蛛

蜜蜂 mi.tsu.ba.chi 蜜蜂	♥「はちみつ」 則是蜂蜜。	かまきり ka.ma.ki.ri 螳螂	かぶと虫 ka.bu.to.mu.shi 獨角仙

くわがた虫 ku.wa.ga.ta.mu.shi 鍬形蟲	蝉 se.mi 蟬	とんぼ ton.bo 蜻蜓	ゴキブリ go.ki.bu.ri 蟑螂

蚊 ka 蚊子	蠅 ha.e 蒼蠅	蛙 ka.e.ru 青蛙	おたまじゃくし o.ta.ma.ja.ku.shi 蝌蚪

植物 sho.ku.bu.tsu 植物	花 ha.na 花	草 ku.sa 草	木 ki 樹木

----- 不打結極短句 -----

✱ 動物を抱いてもいいですか？　　　可以抱動物嗎？
dou.bu.tsu.o.da.i.te.mo.i.i.de.su.ka?

✱ 動物に餌をあげてもいいですか？　可以餵食動物嗎？
dou.bu.tsu.ni.e.sa.o.a.ge.te.mo.i.i.de.su.ka?

| こう えん
公園
kou.en
公園 | はな み
花見
ha.na.mi
賞櫻 | さくら まつ
桜祭り
sa.ku.ra.ma.tsu.ri
櫻花祭典 | もみじ が
紅葉狩り
mo.mi.ji.ga.ri
賞楓 | こう よう
紅葉
kou.you
紅葉 |

人氣公園

こう きょ がい えん
皇居外苑
kou.kyo.ga.i.en
皇居外苑

🖤 位於東京都千代田区；於二次大戰後昭和二十四年(1949)開放為一般的國民公園。皇居外苑内的二重橋、和田倉噴水公園、櫻田門、楠正成像等，是深受人氣的觀光景點。

だい ば かい びん こう えん
お台場海浜公園
o.da.i.ba.ka.i.hin.kou.en
台場海浜公園

🖤 位於東京都港区台場；為一個内海海上公園，是欣賞著名彩虹橋的最佳地點。

しん じゅく ぎょ えん
新宿御苑
shin.ju.ku.gyo.en
新宿御苑

🖤 位於東京都新宿区到渋谷区；面積58.3公頃，在江戸時代為内藤家的宅地；其後成為宮内廳管理的庭園，現在則屬環境省管轄的國民公園。

不打結極短句

✳ けしき
すごくいい景色!
su.go.ku.i.i.ke.shi.ki!

風景真美啊！

✳ ぜっ けい
絶景だな!
ze.kke.i.da.na!

真是絶妙景色啊！

✳ ふう けい すば
ここの風景が素晴らしい!
ko.ko.no.fuu.ke.i.ga.su.ba.ra.shi.i!

這裡的風景真棒啊！

遊園地
ゆう えん ち
yuu.en.chi
遊樂園

テーマパーク
tē.ma.pā.ku
主題樂園

人氣遊樂設施

観覧車
かん らん しゃ
kan.ran.sha
摩天輪

絶叫マシン
ぜっ きょう
ze.kkyou.ma.shin
大怒神

お化け屋敷
ば　　　や しき
o.ba.ke.ya.shi.ki
鬼屋

ゴーカート
gō.kā.to
碰碰車

メリーゴーラウンド
me.rī.gō.ra.un.do

回転木馬
かい てん もく ば
ka.i.tan.mo.ku.ba

旋轉木馬

ジェットコースター
je.tto.kō.su.tā
雲霄飛車

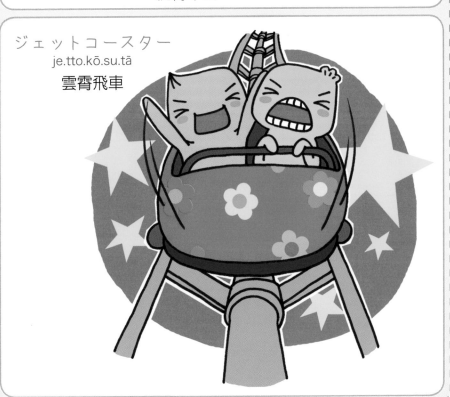

人氣遊樂園

東京(とうきょう)ディズニーランド
tou.kyou.di.zu.nī.ran.do
東京迪士尼樂園
位於千葉県浦安市(舞浜)；華特迪士尼公司創辦的第一個亞洲主題公園，佔地25萬坪，由七個主題區域所組成。

よみうりランド
yo.mi.u.ri.ran.do
讀賣樂園
位於東京都稲城市(矢野口)；園內有多款機動遊戲，被列為「絶叫系」(即非常刺激)的乘坐設施最吸引遊客。

としまえん
to.shi.ma.en
豊島園
位於東京都練馬区；遊樂設施以水上為主題。

人氣主題樂園

日光江戸村(にっこうえどむら)
ni.kkou.e.do.mu.ra
日光江戸村
位於栃木県日光市鬼怒川地區；將日江戸時代(1603 1867)之文化和風俗如實重現，可以實際體驗江戸時代的各種生活實態的設施。

忍者(にんじゃ)
nin.ja
忍者

ユニバーサルスタジオジャパン
yu.ni.bā.sa.ru.su.ta.ji.o.ja.pan
環球影城(USJ)
位於大阪市；是世界3個環球影城主題公園之一，以好萊塢電影為主題。

ハリウッド
ha.ri.u.ddo
好萊塢

サンリオピューロランド
san.ri.o.pyū.ro.ran.do
三麗甌彩虹樂園
位於東京都多摩市；集合三麗鷗的所有卡通明星－凱蒂貓 (Hello Kitty)、酷企鵝、美樂蒂和來自皮洛星的外星人的日本首家室内型的主題樂園。

キャラクター
kya.ra.ku.tā
卡通角色

不打結極短句

✿ 遊(あそ)びたいところが沢山(たくさん)あります。 我想要玩好多地方。
a.so.bi.ta.i.to.ko.ro.ga.ta.ku.san.a.ri.ma.su。

✿ 一番人気(いちばんにんき)があるのは何(なん)ですか？ 最有人氣的是什麼？
i.chi.ban.nin.ki.ga.a.ru.no.wa.nan.de.su.ka?

スポーツ
su.pō.tsu
運動

ゴルフ
go.ru.fu
高爾夫球

スキー
su.kī
滑雪

スキー場（じょう）
su.kī.jou
滑雪場

スキー板（いた）
su.kī.i.ta
滑雪板

※長條扁平狀
兩根一組

スキーボード
su.kī.bō.do
滑雪板

雪（ゆき）
yu.ki
雪

雪（ゆき）だるま
yu.ki.da.ru.ma
雪人

野球（やきゅう）
ya.kyuu
棒球

野球場（やきゅうじょう）
ya.kyuu.jou
棒球場

ピッチャー
pi.cchā
投手

バッター
ba.ttā
打者

キャッチャー
kya.cchā
捕手

ホームラン
hō.mu.ran
全壘打

試合（しあい）
shi.a.i
比賽

高校野球（こうこうやきゅう）
kou.kou.ya.kyuu
高校棒球

甲子園球場（こうしえんきゅうじょう）
kou.shi.en.kyuu.jou
甲子園球場

♥ 位於兵庫縣西宮市；是日本職棒阪神虎隊的主場，也是日本每年春、夏兩季舉辦全國高中棒球聯賽時的指定球場，與東京的明治神宮野球場並稱為「日本野球聖地」。

プロ野球
pu.ro.ya.kyuu
日本職棒

セ・リーグ
se.rī.gu
中央聯盟

各有六隊：
讀賣巨人隊【読売ジャイアンツ】
東京養樂多燕子隊【東京ヤクルトスワローズ】
橫濱海灣星隊【横浜ベイスターズ】
中日龍隊【中日ドラゴンズ】
阪神虎隊【阪神タイガース】
廣島東洋鯉魚隊【広島東洋カープ】

パ・リーグ
pa.rī.gu
太平洋聯盟

各有六隊：
北海道日本火腿鬥士隊【北海道日本ハムファイターズ】
東北樂天金鷹隊【東北楽天ゴールデンイーグルス】
埼玉西武獅隊【埼玉西武ライオンズ】
千葉羅德海洋隊【千葉ロッテマリーンズ】
歐力士猛牛隊【オリックスバファローズ】
福岡軟體銀行鷹隊-【福岡ソフトバンクホークス】

不打結極短句

❋ どのチームの試合ですか？
do.no.chī.mu.no.shi.a.i.de.su.ka?
是哪兩個隊伍的比賽？

❋ どちらが勝っているの？
do.chi.ra.ga.ka.tte.i.ru.no?
哪一隊領先？

❋ 今、スコアはいくつ？
i.ma, su.ko.a.wa.i.ku.tsu?
現在的比數是多少？

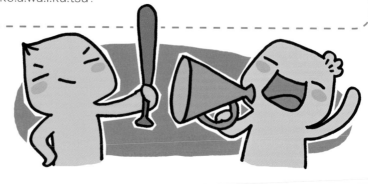

温泉 おん せん on.sen **溫泉**	硫黄 い おう i.ou 硫磺	効果 こう か kou.ka 效果	泉質 せん しつ sen.shi.tsu 溫泉物質

二酸化炭素泉
に さん か たん そ せん
ni.san.ka.tan.so.sen
二氧化碳泉

♨ 功效：可改善血液循環

炭酸水素塩泉
たん さん すい そ えん せん
tan.san.su.i.so.en.sen
碳酸氫鹽泉

♨ 功效：對皮膚疾病、燒燙傷、糖尿病等有療效

硫酸塩泉
りゅう さん えん せん
ryuu.san.en.sen
硫酸鹽泉

♨ 功效：對動脈硬化有療效

放射能泉
ほう しゃ のう せん
hou.sha.nou.sen
放射能泉

♨ 功效：對促進新陳代謝、高血壓、女性疾病等有療效

含アルミニウム泉
がん せん
gan.a.ru.mi.ni.u.mu.sen
含鋁物質泉

♨ 功效：對眼疾等有療效

酸性泉
さん せい せん
san.se.i.sen
酸性泉

♨ 功效：高殺菌力對皮膚患者有療效

含鉄泉
gan.te.tsu.sen
含鐵物質泉

功效：對貧血有療效

塩化物泉
en.ka.bu.tsu.sen
鹽化物泉

功效：對神經痛、易冷體質有療效

日本三大溫泉

伊東温泉
i.tou.on.sen
伊東溫泉

♥ 位於靜岡県伊東市；以豐沛湯量著名，一間間傳統旅館毗鄰而建，擁有獨特的大溫泉街景觀。

別府温泉
be.ppu.on.sen
別府溫泉

♥ 位於大分県別府市；日本的代表性溫泉，是別府溫泉鄉的中心，此溫泉的最大特點是溫泉資源豐富，湧出量在溫泉地中也屬於世界最高級別。

湯布院温泉
yu.fu.in.on.sen
湯布院溫泉

♥ 位於大分県大分郡；湯布院的水質是全日本前五大純淨水質，綜合農產、水源、加上自然環境，是講究品質的溫泉。

不打結極短句

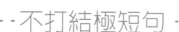

いい湯だな！
i.i.yu.da.na！

真是好溫泉啊！

お風呂は何時から何時までですか？
o.fu.ro.wa.nan.ji.ka.ra.nan.ji.ma.de.de.su.ka？

澡堂是從幾點到幾點呢？

遊山玩水

丘 o.ka 山丘	滝 ta.ki 瀑布	川 ka.wa 河

山 ya.ma 山	遠足 en.so.ku 遠足	ハイキング ha.i.kin.gu	山登り ya.ma.no.bo.ri 爬山

ロープウエーのゴンドラ rō.pu.u.ē.no.gon.do.ra 纜車	森 mo.ri 森林	キャンプ kyan.pu 露營

テント ten.to 帳棚	富士山 fu.ji.san 富士山	♥ 海拔3775.63公尺，為日本第一高峰，是日本重要的象徵之一，被視為聖山。

湖 mi.zu.u.mi 湖	釣り tsu.ri 釣魚	ボート漕ぎ bō.to.ko.gi	ボーティング bō.tin.gu 划船

船(舟) fu.ne 船	ヨット yo.tto 帆船	客船 kya.ku.sen 客船	フェリーボート fe.rī.bō.to 渡輪

海
う.み
u.mi
海

水泳
すい えい
su.i.e.i
游泳

スイミング
su.i.min.gu

サーフィン
sā.fin
衝浪

スキューバダイビング
su.kyū.ba.da.i.bin.gu
潛水

浜辺
はま べ
ha.ma.be
海邊

ビーチ
bī.chi

岸
きし
ki.shi
岸邊

波
なみ
na.mi
海浪

砂浜
すな はま
su.na.ha.ma
沙灘

磯
いそ
i.so
岩岸

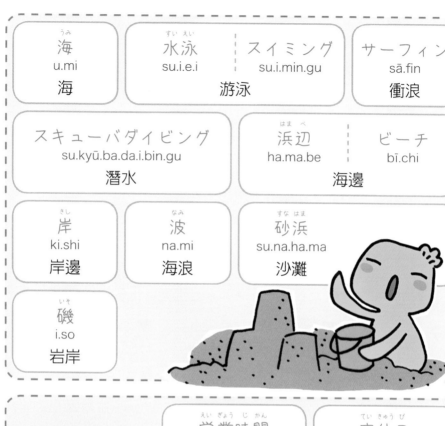

通用相關用語

営業時間
えい ぎょう じ かん
e.i.gyou.ji.kan
營業時間

定休日
てい きゅう び
te.i.kyu.bi
公休日

- - - - 不打結極短句 - - - -

✽ 駐車場はありますか？
ちゅう しゃ じょう
chuu.sha.jou.wa.a.ri.ma.su.ka?
有停車場嗎？

✽ 入り口はどこですか？
い ぐち
i.ri.gu.chi.wa.do.ko.de.su.ka?
入口在哪裡？

購票詢問

入場券

チケット売り場 chi.ke.tto.u.ri.ba **售票處**	料金 ryou.kin 費用	入場料 nyuu.jou.ryou 入場費	入園料 nyuu.en.ryou 入園費

無料 mu.ryou 免費	無料公開日 mu.ryou.kou.ka.i.bi 免費開放日	無料観覧日 mu.ryou.kan.ran.bi 免費參觀日

チケット chi.ke.tto 票	大人 o.to.na 成人票	子供 ko.do.mo 兒童票	学生割引 ga.ku.se.i.wa.ri.bi.ki 學生優惠	学割 ga.ku.wa.ri

当日券 tou.ji.tsu.ken 當日票	前売券 ma.e.u.ri.ken 預售票	引換券 hi.ki.ka.e.ken 兌換券	入場券 nyuu.jou.ken 入場券	売り切れ u.ri.ki.re 售完

席 se.ki 席位	指定席 shi.te.i.se.ki 預約席位	一般席 i.ppan.se.ki 一般席位	自由席 ji.yuu.se.ki 自由席位

不打結極短句

✱ 一番いい席はいくらですか？
　i.chi.ban.i.i.se.ki.wa.i.ku.ra.de.su.ka?

最好的座位的票
是多少錢？

拍照

プリクラ
pu.ri.ku.ra

プリント倶^{クラ}楽部
pu.rin.to.ku.ra.bu

大頭貼拍照機

ペンタブレット
pen.ta.bu.re.tto

繪圖板

落^{らく}書^がき
ra.ku.ga.ki

塗鴉

イラスト枠^{わく}
i.ra.su.to.wa.ku

插畫框

フレーム
fu.rē.mu

スタンプ
su.tan.pu

印章

顔^{かお}写^{しゃ}真^{しん}
ka.o.ja.shin

臉部相片

シール
shī.ru

貼紙

♥大頭貼遊戲機不止可以拍照，還有各式各樣好玩的功能，讓你的自拍照更與眾不同喔！

拍照留念吧！

みんなの写真^{しゃしん}を撮^とってあげよう！
min.na.no.sha.shin.o.to.tte.a.ge.you！

我幫大家拍張照吧！

こちらを見^みてください。
ko.chi.ra.o.mi.te.ku.da.sa.i。

請看這邊。

撮^とりますよ！
to.ri.ma.su.yo！

我要拍了喔！

みんな、もっと近付^{ちかづ}いて。
min.na, mo.tto.chi.ka.zu.i.te。

大家靠近一點。

はい、チーズ！
ha.i, chī.zu！

說cheese！

不打結極短句

❋ 写真を撮ってもいいですか？
sha.shin.o.to.tte.mo.i.i.de.su.ka
可以拍照嗎？

❋ 一緒に写真に入ってもらえますか？
i.ssho.ni.sha.shin.ni.ha.i.tte.mo.ra.e.ma.su.ka?
跟我一起拍張照好嗎？

❋ 写真を撮っていただけますか？
sha.shin.o.to.tte.i.ta.da.ke.ma.su.ka?
可以幫我拍張照片嗎？

❋ もう一枚撮ってもいいですか？
mou.i.chi.ma.i.to.tte.mo.i.i.de.su.ka?
可以再多拍一張嗎？

❋ カメラを縦(横)にして撮って下さい。
ka.me.ra.o.ta.te.(yo.ko).ni.shi.te.to.tte.ku.da.sa.i。
請直拍(橫拍)。

❋ 後ろの景色も入れて下さい。
u.shi.ro.no.ke.shi.ki.mo.i.re.te.ku.da.sa.i。
請連後面的景色也一併拍下來。

❋ もう一枚お願いします。
mou.i.chi.ma.i.o.ne.ga.i.shi.ma.su。
請多拍一張。

禁止用語

立入禁止
ta.chi.i.ri.kin.shi
禁止進入

無断立入禁止
mu.dan.ta.chi.i.ri.kin.shi
未經許可請勿進入

飲食禁止
in.sho.ku.kin.shi
禁止飲食

えさを与えないでください
e.sa.o.a.ta.e.na.i.de.ku.da.sa.i
請勿餵食

喫煙禁止
ki.tsu.en.kin.shi

禁煙です
kin.en.de.su

禁菸

ゴミ捨て禁止
go.mi.su.te.kin.shi
請勿亂丟垃圾

駐車禁止
chuu.sha.kin.shi
禁止停車

撮影禁止
sa.tsu.e.i.kin.shi
禁止攝影

 フラッシュは使用できません
fu.ra.sshu.wa.shi.yo.u.de.ki.ma.sen
不可使用閃光燈

💙 山手線為東京的通勤鐵路路線之一，由東日本旅客鐵道（JR東日本）經營。列車運行路線全長34.5公里，共行經29個車站，全程（一次環狀運轉）行車時間約61分鐘。路線代表色為黃綠色。山手線列車於環狀的運行路線上，都是循固定方向往返行進。列車運轉模式分為「外環」（外回り，順時針方向）與「内環」（内回り，逆時針方向）。山手線是東京都心部最大的鐵路運輸動脈，每天乘客的運輸量很大，所以圍繞每一站的周圍商圈繁榮，知名百貨公司或是個性商店皆沿著這條路線開設。來日本若是沒有好好繞「玩」一圈山手線，可是白來了喔！

東京山手線轉一圈

① しながわ 品川 shi.na.ga.wa	② おおさき 大崎 o.o.sa.ki
③ ごたんだ 五反田 go.tan.da	④ めぐろ 目黒 me.gu.ro
⑤ えびす 恵比寿 e.bi.su	⑥ しぶや 渋谷 shi.bu.ya
⑦ はらじゅく 原宿 ha.ra.ju.ku	⑧ よよぎ 代々木 yo.yo.gi

⑨ しんじゅく 新宿 shin.ju.ku	⑩ しんおおくぼ 新大久保 shin.o.o.ku.bo	⑪ たかだのばば 高田馬場 ta.ka.da.no.ba.ba	⑫ めじろ 目白 me.ji.ro
⑬ いけぶくろ 池袋 i.ke.bu.ku.ro	⑭ おおつか 大塚 o.o.tsu.ka	⑮ すがも 巣鴨 su.ga.mo	⑯ こまごめ 駒込 ko.ma.go.me	⑰ たばた 田端 ta.ba.ta

⑱ にしにっぽり 西日暮里 ni.shi.ni.ppo.ri	⑲ にっぽり 日暮里 ni.ppo.ri	⑳ うぐいすだに 鶯谷 u.gu.i.su.da.ni	㉑ うえの 上野 u.e.no
㉒ おかちまち 御徒町 o.ka.chi.ma.chi	㉓ あきはばら 秋葉原 a.ki.ha.ba.ra	㉔ かんだ 神田 kan.da	㉕ とうきょう 東京 tou.kyou
㉖ ゆうらくちょう 有楽町 yuu.ra.ku.chou	㉗ しんばし 新橋 shin.ba.shi	㉘ はままつちょう 浜松町 ha.ma.ma.tsu.chou	㉙ たまち 田町 ta.ma.chi

渋谷 澀谷最著名的莫過於在此發跡的109辣妹，而各式各樣最潮及流行品牌的聚集，將澀谷塑造成走在最流行尖端的時尚重鎮。此處也匯集了各式藝術創作、街頭表演等蓬勃發展的小眾文化及地下樂團和Live House的集聚大本營。另外，在澀谷車站前有遠近馳名的「忠犬小八」銅像，感動人心的故事流傳至今，不僅拍成電影也更添澀谷的傳奇魅力。

原宿 從原宿車站下車出來後可以看到竹下通，後方則是著名的明治神宮，往左走是媲美法國香榭麗舍大道的表參道，直走即是青山。原宿的年輕活力，表參道、青山的優雅成熟時尚品味，這裡不僅是潮流聖殿也是購物天堂。

新宿 位於新宿東口的歌舞伎町，處處是霓虹閃爍、喧嘩熱鬧、商賣繁盛的蓬勃景象，除了是轉乘大站，這裡也是上班族下班放鬆、年輕人聚會的最佳地方。餐廳、居酒屋、百貨公司、電影街及新宿西口的摩天大樓群、東京都聽、高級辦公大樓所共構的繁華新宿，是你絕對不能錯過的。

池袋 位於東西口的東武、西武百貨及四週林立的各式大型商店，帶動熙來攘往的龐大人潮，充分顯現集購物、美食、交通、住宿於一身的池袋，是東京生活機能強大的城市之一。

上野 上野這裡有東京都內最大的上野公園，人氣動物明星，1972年來自中國的「熊貓」也定居在此園內。除了寬廣的上野公園，還有賣南北乾貨藥材、蔬果餅乾及平價流行服飾等的阿美橫丁，也是極著名的地標之一。

秋葉原 「秋葉原」一詞已儼然成為電信通訊、動漫電玩的代名詞，幾乎所有的電子、動漫相關產品及資訊都可以在這裡找到。近期更發展出許多針對動漫電玩迷的「御宅族」女僕咖啡廳、喫茶店、酒吧、餐廳...等的「萌」商店，在裡面服務的小萌們個個裝扮成動畫主角的模樣，吸引許多電玩動漫族前來朝聖。

東京 東京車站肩負東京聯外的重要交通樞紐，每天來往的旅客人次高達180萬。而落成於1914年的東京車站外觀是文藝復興風格的古典紅磚造型，內部則是裝潢新穎的各式商店等林立其中。

part 8 滿載而歸回國囉！

● 道別

● 心情感想

道別

不打結極短句

✻ 今日、台湾に帰ります。
kyou, ta.i.wan.ni.ka.e.ri.ma.su。

我今天回台灣。

✻ また、日本に来たいです。
ma.ta, ni.hon.ni.ki.ta.i.de.su。

希望有機會再來日本。

✻ 今度来るときはもっとゆっくり
したいです。
kon.do.ku.ru.to.ki.wa.mo.tto.yu.kku.ri.
shi.ta.i.de.su。

下次來時我要待久一點。

✻ 空港まで送ってくれてありがとう。
kuu.kou.ma.de.o.ku.tte.ku.re.te.a.ri.ga.tou。

謝謝你送我到機場。

✻ 見送りに来てくれてありがとう。
mi.o.ku.ri.ni.ki.te.ku.re.te.a.ri.ga.tou。

謝謝你來送我。

✻ あなたと知り合いになれて
よかったです。
a.na.ta.to.shi.ri.a.i.ni.na.re.te.
yo.ka.tta.de.su。

能夠認識你真好。

✻ 台湾に遊びに来てください。
ta.i.wan.ni.a.so.bi.ni.ki.te.ku.da.sa.i。

請來台灣玩。

會話

もう時間_{じかん}だ。じゃあ、行くね。
mou.ji.kan.da。ja.a, i.ku.ne。

時間到了。我要走了。

気をつけてね。
ki.o.tsu.ke.te.ne。

再見。

じゃあね。
ja.a.ne。

再見了。

バイバイ、元気_{げんき}でね。
ba.i.ba.i, gen.ki.de.ne。

再見、保重啊。

必ず_{かなら}メールをちょうだいね！
ka.na.ra.zu.mē.ru.o.chou.da.i.ne！

一定要寫email給我喔！

わかった。連絡_{れんらく}をとり合おう_ふね！
wa.ka.tta。ren.ra.ku.o.to.ri.a.ou.ne！

好的。保持連絡喔！

心情感想

満足 man.zo.ku 滿足	不満 fu.man 不滿	幸せ shi.a.wa.se 幸福的

嬉しい u.re.shi.i 開心的	楽しい ta.no.shi.i 快樂的	面白い o.mo.shi.ro.i 有趣的

詰まらない tsu.ma.ra.na.i 無聊的	辛い tsu.ra.i 辛苦的	悲しい ka.na.shi.i 悲傷的	切ない se.tsu.na.i 哀傷的

----- 不打結極短句 -----

✳ 日本の進歩に私は感心した。
ni.hon.no.shin.po.ni.wa.ta.shi.wa.kan.shin.shi.ta。
我對日本的進步感到佩服。

✳ この旅行はいい思い出になった。
ko.no.ryo.kou.wa.i.i.o.mo.i.de.ni.na.tta。
這次的旅行將成美好的回憶。

✳ 日本の綺麗な景色が印象深かった。
ni.hon.no.ki.re.i.na.ke.shi.ki.ga.in.shou.bu.ka.ka.tta。
對日本的美麗風景印象深刻。

✳ とても楽しい旅行だった。
to.te.mo.ta.no.shi.i.ryo.kou.da.tta。
這趟旅行很愉快。

part A 入境隨俗 o‧ha‧you！

- 打招呼＆回應
- 表達謝意
- 表達歉意
- 交個朋友吧！

打招呼&回應

挨拶 あい さつ a.i.sa.tsu **打招呼**	返事 へん じ hen.ji **回應**

おはよう(ございます) o.ha.you(go.za.i.ma.su) 早安	♥ 相當於英文的 Good morning！ ♥ 無關時間、在當天第一次見面時用的招呼語！

こんにちは kon.ni.chi.wa 午安/您好/日安	♥ 使用於「中午前」也有 Good morning！之意；使用於「午後」有 Good afternoon！之意；使用於「熟識的關係，無關時間」時有 Hello！/ Hi！之意。 ♥ 使用於白天與人見面或登門拜訪時的招呼用語。

こんばんは kon.ban.wa 晚安	♥ 相當於英文的 Good evening！ ♥ 使用於晚上與人見面或登門拜訪時的招呼用語。

おやすみ(なさい) o.ya.su.mi(na.sa.i) 晚安	♥ 相當於英文的 Good night！ ♥ 用於就寢時、或夜晚與人道別時的招呼語。

お邪魔します。
o.ja.ma.shi.ma.su。
打擾您了。

♥用於登門拜訪時的客氣用語。

✳ 今晩お邪魔してよろしいでしょうか？
kon.ban.o.ja.ma.shi.te.yo.ro.shi.i.de.shou.ka?
今晚方便去您家拜訪嗎？

いいですよ

お元気ですか？
o.gen.ki.de.su.ka?
您好嗎？

♥相當於英文的 How are you？

お元気で。
o.gen.ki.de。
請保重。

お気をつけて。
o.ki.o.tsu.ke.te。
請小心。

おひさしぶりです。
o.hi.sa.shi.bu.ri.de.su。
好久不見。

失礼します。
shi.tsu.re.i.shi.ma.su。
先告辭了。

♥用於與人告別時的客氣用語。
♥使用於輕微程度的感謝，或詢問別人幫忙時的客氣用語。

さようなら。
sa.you.na.ra。
再見。

バイバイ。
ba.i.ba.i。
再見。

またね。
ma.ta.ne。
再見。

不打結極短句

✳ 失礼します、ちょっと前を通して
いただけませんか？
shi.tsu.re.i.shi.ma.su, cho.tto.ma.e.o.too.shi.te.
i.ta.da.ke.ma.sen.ka?

不好意思，可否
讓我過呢？

✳ また近いうちに会いましょう、
では失礼します。
ma.ta.chi.ka.i.u.chi.ni.a.i.ma.shou.
de.wa.shi.tsu.re.i.shi.ma.su。

近期再會吧，告
辭了。

✳ お先に失礼します。
o.sa.ki.ni.shi.tsu.re.i.shi.ma.su。

先告辭了。

會話

行ってきます。
i.tte.ki.ma.su。

我出門了。

お気をつけて。
o.ki.o.tsu.ke.te。

請小心。

ただ今、お母さん。
ta.da.i.ma, o.ka.a.san。

媽媽，我到家了。

お帰りなさい。
o.ka.e.ri.na.sa.i。

你回來了。

表達謝意

どうも。
dou.mo。
謝了。

ありがとう（ございます）。
a.ri.ga.tou.(go.za.i.ma.su)。
謝謝。

本当（ほん とう）にありがとうございました。
hon.tou.ni.a.ri.ga.tou.go.za.i.ma.shi.ta。
真的很謝謝。

心配（しん ぱい）してくれてありがとう。
shin.pa.i.shi.te.ku.re.te.a.ri.ga.tou。
謝謝您的關心。

ご面倒（めん どう）をおかけしました。
go.men.dou.o.o.ka.ke.shi.ma.shi.ta。
給您添麻煩了。

とても助（たす）かります。
to.te.mo.ta.su.ka.ri.ma.su。
您幫了大忙。

ご親切（しん せつ）にありがとうございます。
go.shin.se.tsu.ni.a.ri.ga.tou.go.za.i.ma.su。
謝謝您的親切。

ほめてくれてありがとう。
ho.me.te.ku.re.te.a.ri.ga.tou。
謝謝您的讚美。

とにかくありがとう。
to.ni.ka.ku.a.ri.ga.tou。
總之，謝謝您。

感謝（かん しゃ）します。
kan.sha.shi.ma.su。
感謝您。

お礼（れい）の言葉（こと ば）もありません。
o.re.i.no.ko.to.ba.mo.a.ri.ma.sen。
無以言謝。

會話

どうも、ありがとうございます。 　非常謝謝。
dou.mo、a.ri.ga.tou.go.za.i.ma.su。

どういたしまして。 　　　　　　不客氣。
dou.i.ta.shi.ma.shi.te。

色々ありがとうございます。 　謝謝您所作的一
i.ro.i.ro.a.ri.ga.tou.go.za.i.ma.su。 　切。

お役に立てて嬉しいです。 　能幫上忙是我的
o.ya.ku.ni.ta.te.te.u.re.shi.i.de.su。 　榮幸。

力になってくれてありがとう。 謝謝您的支援。
chi.ka.ra.ni.na.tte.ku.re.te.a.ri.ga.tou。

いや、大したことないです。 　不，這沒什麼大
i.ya、ta.i.shi.ta.ko.to.na.i.de.su。 　不了的。

気にしないで
ki.ni.shi.na.i.de
別在意

表達歉意

もうこれ以上ご面倒はかけません。
mou.ko.re.i.jou.go.men.dou.wa.ka.ke.ma.sen。
不能再麻煩您了。

ごめんなさい。
go.men.na.sa.i。
對不起。

♥ 較正式的道歉。

ごめんね。
go.men.ne。
對不起。

♥ 比「ごめんなさい」
更通俗的用法。

すみません。
su.mi.ma.sen。
對不起。

- - - - 不打結極短句 - - - -

✻ どうもすみません。
dou.mo.su.mi.ma.sen。

不好意思。
(這裡的「すみません」表感謝)

✻ ご迷惑をおかけしてすみません。
go.me.i.wa.ku.o.o.ka.ke.shi.te.su.mi.ma.sen。

對不起給您添麻
煩了。
(這裡的「すみません」表道歉)

✻ すみませんが、バス停はどこ
でしょうか？
su.mi.ma.sen.ga, ba.su.te.i.wa.do.ko.
de.shou.ka?

不好意思，請問
巴士站在哪裡呢？
(這裡的「すみません」表招喚)

會話

私が悪かったんです。
wa.ta.shi.ga.wa.ru.ka.ttan.de.su。
是我不好。

気にしないで。
ki.ni.shi.na.i.de。
請別介意。

気を悪くしたならごめんなさい。
ki.o.wa.ru.ku.shi.ta.na.ra.go.men.na.sa.i。
如果讓您感到不愉快，我對此致歉。

あなたのせいじゃないよ。
a.na.ta.no.se.i.ja.na.i.yo。
這不是你的錯。

遅れてごめんなさい。
o.ku.re.te.go.men.na.sa.i。
對不起，我遲到了。

いいですよ。
i.i.de.su.yo。
沒關係。

本当にすみません。
hon.tou.ni.su.mi.ma.sen。
真的非常抱歉。

交個朋友吧！

友達になりましょう！
to.mo.da.chi.ni.na.ri.ma.shou!
交個朋友吧！

親友
shin.yuu
好朋友

仲間
na.ka.ma
夥伴

恋人
ko.i.bi.to
戀人

彼氏
ka.re.shi
男朋友

彼女
ka.no.jo
女朋友

カップル
ka.ppu.ru
情侶

恋
ko.i
愛情

恋愛
ren.a.i
戀愛

仲がいい
na.ka.ga.i.i

不打結極短句

✳ あなたの 電話番号 を教えてください。 請告訴我你的
a.na.ta.no. den.wa.ban.gou .o.o.shi.e.te.ku.da.sa.i。 電話號碼。

♥ 可替換以下單字：

Ｅメール
ī.mē.ru
E-mail

携帯番号
ke.i.ta.i.ban.gou
手機號碼

住所
juu.sho
住址

連絡先
ren.ra.ku.sa.ki
聯絡處

會話

お名前は？
o.na.ma.e.wa?

請問大名？

私の名前は 小林桃子 です。
wa.ta.shi.no.na.ma.e.wa.
ko.ba.ya.shi.mo.mo.ko .de.su。

我叫小林桃子。

始めまして、 田村 と申します。
ha.ji.me.ma.shi.te, ta.mu.ra .to.mou.shi.ma.su。

初次見面，我是
田村 。

どうぞ宜しくお願いします。
dou.zo.yo.ro.shi.ku.o.ne.ga.i.shi.ma.su。

請多多指教。

part B 知道更便利

家庭成員

家族
<ruby>か<rt></rt></ruby><ruby>ぞく<rt></rt></ruby>
ka.zo.ku

ファミリー
family
fa.mi.ri

家庭（家人）

親戚
<ruby>しん<rt></rt></ruby><ruby>せき<rt></rt></ruby>
shin.se.ki

親戚

伯父さん	叔父さん	おじ		伯母さん	叔母さん	おば
o.ji.san	o.ji.san	o.ji		o.ba.san	o.ba.san	o.ba

父母方的兄弟、男性姻親
（姑丈/姨丈/伯父/叔叔/舅舅）

父母方的姊妹、女性姻親
（姑姑/阿姨/伯母/叔母/舅媽）

いとこ
i.to.ko

堂/表兄弟姊妹

息子さん	息子	お子さん	娘さん	娘
mu.su.ko.san	mu.su.ko	o.ko.san	mu.su.me.san	mu.su.me
令郎	兒子	您的小孩	令媛	女兒

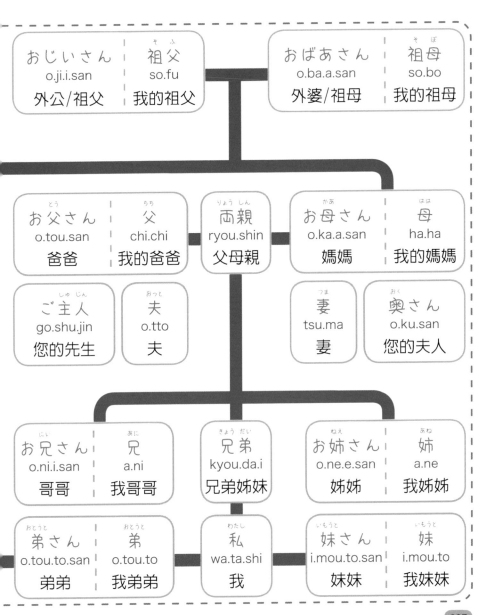

關於數字

數數

れい 零 re.i	ゼロ ze.ro	いち 一 i.chi	に 二 ni	さん 三 san
0		1	2	3
し 四 shi	よん 四 yon	ご 五 go	ろく 六 ro.ku	しち 七 shi.chi
4		5	6	7
なな 七 na.na	はち 八 ha.chi	きゅう 九 kyuu	く 九 ku	じゅう 十 juu
7	8	9		10
じゅう いち 十一 juu.i.chi	じゅう に 十二 juu.ni	じゅう さん 十三 juu.san	じゅう し 十四 juu.shi	じゅう よん 十四 juu.yon
11	12	13	14	
じゅう ご 十五 juu.go	じゅう ろく 十六 juu.ro.ku	じゅう しち 十七 juu.shi.chi	じゅう なな 十七 juu.na.na	じゅう はち 十八 juu.ha.chi
15	16	17		18
じゅう きゅう 十九 juu.kyuu	じゅう く 十九 juu.ku	に じゅう 二十 ni.juu	さん じゅう 三十 san.juu	よん じゅう 四十 yon.juu
19		20	30	40
ご じゅう 五十 go.juu	ろく じゅう 六十 ro.ku.juu	なな じゅう 七十 na.na.juu	はち じゅう 八十 ha.chi.juu	きゅう じゅう 九十 kyuu.juu
50	60	70	80	90

百 ひゃく hya.ku 100	二百 に ひゃく ni.hya.ku 200	三百 さん びゃく san.bya.ku 300	四百 よん びゃく yon.hya.ku 400
五百 ご びゃく go.hya.ku 500	六百 ろっ ぴゃく ro.ppya.ku 600	七百 なな ひゃく na.na.hya.ku 700	八百 はっ ぴゃく ha.ppya.ku 800
九百 きゅう びゃく kyuu.hya.ku 900	千 せん sen 1,000	二千 に せん ni.sen 2,000	三千 さん ぜん san.zen 3,000
四千 よん せん yon.sen 4,000	五千 ご ぜん go.sen 5,000	六千 ろく せん ro.ku.sen 6,000	七千 なな せん na.na.sen 7,000
八千 はっ せん ha.ssen 8,000	九千 きゅう せん kyuu.sen 9,000	一万 いち まん i.chi.man 10,000（一萬）	十万 じゅう まん juu.man 100,000（十萬）

百万 ひゃく まん hya.ku.man 1,000,000（一百萬）	一千万 いっ ぜん まん i.ssen.man 10,000,000（一千萬）

一億 いち おく i.chi.o.ku 100,000,000（一億）

いくつですか？
i.ku.tsu.de.su.ka?
幾個？

ひとつ hi.to.tsu 一個	二つ fu.ta.tsu 兩個	三つ mi.ttsu 三個	四つ yo.ttsu 四個	五つ i.tsu.tsu 五個
六つ mu.ttsu 六個	七つ na.na.tsu 七個	八つ ya.ttsu 八個	九つ ko.ko.no.tsu 九個	十 to.o 十個

何個ですか？
nan.ko.de.su.ka?
幾個？

一個 i.kko 一個	二個 ni.ko 兩個	三個 san.ko 三個	四個 yon.ko 四個	五個 go.ko 五個
六個 ro.kko 六個	七個 na.na.ko 七個	八個 ha.kko 八個	九個 kyuu.ko 九個	十個 ju.kko 十個

何歳ですか？ / いくつですか？

何歳ですか？ なん さい nan.sa.i.de.su.ka?		いくつですか？ i.ku.tsu.de.su.ka?
幾歳？		

一歳 いっ さい i.ssa.i 一歳	二歳 に さい ni.sa.i 兩歳	三歳 さん さい san.sa.i 三歳	四歳 よん さい yon.sa.i 四歳	五歳 ご さい go.sa.i 五歳
六歳 ろく さい ro.ku.sa.i 六歳	七歳 なな さい na.na.sa.i 七歳	八歳 はっ さい ha.ssa.i 八歳	九歳 きゅう さい kyuu.sa.i 九歳	十歳 じゅっ さい ju.ssa.i 十歳
二十歳 はたち ha.ta.chi 二十歳	三十歳 さん じゅっ さい san.ju.ssa.i 三十歳	四十歳 よん じゅっ さい yon.ju.ssa.i 四十歳	五十歳 ご じゅっ さい go.ju.ssa.i 五十歳	百歳 ひゃく さい hya.ku.sa.i 一百歳

何人ですか？

何人ですか？ なん にん nan.nin.de.su.ka? 幾個人？	

一人 ひとり hi.to.ri 一個人	二人 ふたり fu.ta.ri 兩個人	三人 さん にん san.nin 三個人	四人 よ にん yo.nin 四個人	五人 ご にん go.nin 五個人
六人 ろく にん ro.ku.nin 六個人	七人 なな にん na.na.nin 七個人	八人 はち にん ha.chi.nin 八個人	九人 きゅう にん kyuu.nin 九個人	十人 じゅう にん juu.nin 十個人

いくらですか？
i.ku.ra.de.su.ka?

多少錢？

いち えん 一円 i.chi.en 1元	に えん 二円 ni.en 2元	さん えん 三円 san.en 3元	よ えん 四円 yo.en 4元	ご えん 五円 go.en 5元
ろく えん 六円 ro.ku.en 6元	なな えん 七円 na.na.en 7元	はち えん 八円 ha.chi.en 8元	きゅう えん 九円 kyuu.en 9元	じゅう えん 十円 juu.en 10元

ひゃく えん 百円 hya.ku.en 100元	に ひゃく えん 二百円 ni.hya.ku.en 200元	さん びゃく えん 三百円 san.bya.ku.en 300元	よ えひゃく えん 四百円 yon.hya.ku.en 400元
ご ひゃく えん 五百円 go.hya.ku.en 500元	ろっ びゃく えん 六百円 ro.ppya.ku.en 600元	なな ひゃく えん 七百円 na.na.hya.ku.en 700元	はっ ぴゃく えん 八百円 ha.ppya.ku.en 800元
きゅう びゃく えん 九百円 kyuu.hya.ku.en 900元	せん えん 千円 sen.en 1,000元	に せん えん 二千円 ni.sen.en 2,000元	さん ぜん えん 三千円 sen.zen.en 3,000元
よん せん えん 四千円 yon.sen.en 4,000元	ご ぜん えん 五千円 go.sen.en 5,000元	ろく せん えん 六千円 ro.ku.sen.en 6,000元	なな せん えん 七千円 na.na.sen.en 7,000元

八千円 ha.ssen.en 8,000元	九千円 kyuu.sen.en 9,000元	一万円 i.chi.man.en 10,000（一萬）元
五十万円 go.juu.man.en 500,000（五十萬）元		百万円 hya.ku.man.en 1,000,000（一百萬）元
一千万円 i.ssen.man.en 10,000,000（一千萬）元		

何人前ですか？
nan.nin.ma.e.de.su.ka?

幾人份？

一人前 i.chi.nin.ma.e 一人份	二人前 ni.nin.ma.e 兩人份	三人前 san.nin.ma.e 三人份	四人前 yon.nin.ma.e 四人份
五人前 go.nin.ma.e 五人份	六人前 ro.ku.nin.ma.e 六人份	七人前 na.na.nin.ma.e 七人份	八人前 ha.chi.nin.ma.e 八人份
九人前 kyuu.nin.ma.e 九人份	十人前 juu.nin.ma.e 十人份		

何本ですか？
nan.bon.de.su.ka?

幾瓶（條、根、枝）？

一本	二本	三本
i.ppon	ni.hon	san.bon
一瓶（條、根、枝）	兩瓶（條、根、枝）	三瓶（條、根、枝）
四本	五本	六本
yon.hon	go.hon	ro.ppon
四瓶（條、根、枝）	五瓶（條、根、枝）	六瓶（條、根、枝）
七本	八本	九本
na.na.hon	ha.ppon	kyuu.hon
七瓶（條、根、枝）	八瓶（條、根、枝）	九瓶（條、根、枝）
十本		
ju.ppon		
十瓶（條、根、枝）		

何杯ですか？
nan.ba.i.de.su.ka?

幾杯（碗）？

一杯 i.ppa.i	二杯 ni.ha.i	三杯 san.ba.i	四杯 yon.ha.i	五杯 go.ha.i
一杯（碗）	兩杯（碗）	三杯（碗）	四杯（碗）	五杯（碗）
六杯 ro.ppa.i	七杯 na.na.ha.i	八杯 ha.ppa.i	九杯 kyuu.ha.i	十杯 ju.ppa.i
六杯（碗）	七杯（碗）	八杯（碗）	九杯（碗）	十杯（碗）

何番ですか？
nan.ban.de.su.ka?

幾號？

一番 i.chi.ban	二番 ni.ban	三番 san.ban	四番 yon.ban	五番 go.ban
一號	二號	三號	四號	五號
六番 ro.ku.ban	七番 na.na.ban	八番 ha.chi.ban	九番 kyuu.ban	十番 juu.ban
六號	七號	八號	九號	十號

何番目ですか？
なん ばん め
nan.ban.me.de.su.ka?

第幾個？

一番目 i.chi.ban.me 第一個	二番目 ni.ban.me 第二個	三番目 san.ban.me 第三個	四番目 yon.ban.me 第四個
五番目 go.ban.me 第五個	六番目 ro.ku.ban.me 第六個	七番目 na.na.ban.me 第七個	八番目 ha.chi.ban.me 第八個
九番目 kyuu.ban.me 第九個	十番目 juu.ban.me 第十個		

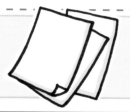

何枚ですか？
なん まい
nan.ma.i.de.su.ka?

幾張（件）？

一枚 i.chi.ma.i 一張（件）	二枚 ni.ma.i 兩張（件）	三枚 san.ma.i 三張（件）	四枚 yon.ma.i 四張（件）	五枚 go.ma.i 五張（件）
六枚 ro.ku.ma.i 六張（件）	七枚 na.na.ma.i 七張（件）	八枚 ha.chi.ma.i 八張（件）	九枚 kyuu.ma.i 九張（件）	十枚 juu.ma.i 十張（件）

何階ですか？
nan.ka.i.de.su.ka?

幾樓？

一階 i.kka.i 一樓	二階 ni.ka.i 二樓	三階 san.ka.i 三樓	四階 yon.ka.i 四樓	五階 go.ka.i 五樓
六階 ro.kka.i 六樓	七階 na.na.ka.i 七樓	八階 ha.chi.ka.i	八階 ha.kka.i	九階 kyuu.ka.i 九樓
		八樓		
十階 ju.kka.i 十樓	屋上 o.ku.jou 屋頂	地下一階 chi.ka.i.kka.i 地下一樓		

何匹いますか？
nan.bi.ki.i.ma.su.ka?

幾隻？

一匹 i.ppi.ki 一隻	二匹 ni.hi.ki 二隻	三匹 san.bi.ki 三隻	四匹 yon.hi.ki 四隻	五匹 go.hi.ki 五隻
六匹 ro.ppi.ki 六隻	七匹 na.na.hi.ki 七隻	八匹 ha.ppi.ki 八隻	九匹 kyuu.hi.ki 九隻	十匹 ju.ppi.ki 十隻

分數	半分 han.bun	ハーフ hā.fu
	一半、二分之一	

二分の一 ni.bun.no.i.chi 二分之一	三分の一 san.bun.no.i.chi 三分之一	四分の一 yon.bun.no.i.chi 四分之一

小數點	3. 87 san.ten.ha.chi.na.na 3.87	百分比	20% ni.ju.ppā.sen.to 百分之二十

時間

時間	時	年月日	年
じ かん	とき	ねん がっ ぴ	とし
ji.kan	to.ki	nen.ga.ppi	to.shi
時間		年月日	年

一昨年	去年	昨年	今年
お と とし	きょ ねん	さく ねん	こ とし
o.to.to.shi	kyo.nen	sa.ku.nen	ko.to.shi
前年	去年		今年

来年	再来年	毎年
らい ねん	さ らい ねん	まい とし
ra.i.nan	sa.ra.i.nen	ma.i.to.shi
明年	後年	毎年

何年ですか？
なん ねん
nan.nen.de.su.ka?

幾年？

一年	二年	三年	四年	五年
いち ねん	に ねん	さん ねん	よ ねん	ご ねん
i.chi.nen	ni.nen	san.nen	yo.nen	go.nen
一年	兩年	三年	四年	五年
六年	七年	八年	九年	十年
ろく ねん	なな ねん	はち ねん	きゅう ねん	じゅう ねん
ro.ku.nen	na.na.nen	ha.chi.nen	kyuu.nen	juu.nen
六年	七年	八年	九年	十年

月 tsu.ki 月	先月 sen.ge.tsu 上個月	今月 kon.ge.tsu 這個月
来月 ra.i.ge.tsu 下個月	再来月 sa.ra.i.ge.tsu 下下個月	毎月 ma.i.tsu.ki 每月

何月ですか？
nan.ga.tsu.de.su.ka?
幾月？

一月 i.chi.ga.tsu 一月	二月 ni.ga.tsu 二月	三月 san.ga.tsu 三月	四月 shi.ga.tsu 四月
五月 go.ga.tsu 五月	六月 ro.ku.ga.tsu 六月	七月 shi.chi.ga.tsu 七月	八月 ha.chi.ga.tsu 八月
九月 ku.ga.tsu 九月	十月 juu.ga.tsu 十月	十一月 juu.i.chi.ga.tsu 十一月	十二月 juu.ni.ga.tsu 十二月

何ヶ月ですか？
nan.ka.ge.tsu.de.su.ka?

幾個月？

一ヶ月 i.kka.ge.tsu 一個月	二ヶ月 ni.ka.ge.tsu 兩個月
三ヶ月 san.ka.ge.tsu 三個月	四ヶ月 yon.ka.ge.tsu 四個月
五ヶ月 go.ka.ge.tsu 五個月	六ヶ月 ro.kka.ge.tsu 六個月
七ヶ月 na.na.ka.ge.tsu 七個月	八ヶ月 ha.kka.ge.tsu 八個月
九ヶ月 kyuu.ka.ge.tsu 九個月	十ヶ月 ju.kka.ge.tsu 十個月

日 にち **ni.chi** 日	おととい o.to.to.i 前天	昨日 きのう ki.nou 昨天	明日 あした a.shi.ta 明天
あさって a.sa.tte 後天	毎日 まい にち ma.i.ni.chi 每天	今日 きょう kyou 今天	今朝 け さ ke.sa 今早
夕方 ゆう がた yuu.ga.ta 傍晚	今晩 こん ばん kon.ban 今晚	今夜 こん や kon.ya 今夜	今宵 こ よい ko.yo.i 今霄

今日は何日ですか？
きょう　　　なん にち
kyou.wa.nan.ni.chi.de.su.ka?

今天幾號？

一日 ついたち tsu.ita.chi 一日	二日 ふつ か fu.tsu.ka 二日	三日 みっ か mi.kka 三日	四日 よっ か yo.kka 四日	五日 いつ か i.tsu.ka 五日
六日 むい か mu.i.ka 六日	七日 なの か na.no.ka 七日	八日 よう か you.ka 八日	九日 ここの か ko.ko.no.ka 九日	十日 とお か to.o.ka 十日

じゅう いち にち 十一日 juu.i.chi.ni.chi 十一日	じゅう に にち 十二日 juu.ni.ni.chi 十二日	じゅう さん にち 十三日 juu.san.ni.chi 十三日
じゅう よっ か 十四日 juu.yo.kka 十四日	じゅう ご にち 十五日 juu.go.ni.chi 十五日	じゅう ろく にち 十六日 juu.ro.ku.ni.chi 十六日
じゅう しち にち 十七日 juu.shi.chi.ni.chi 十七日	じゅう はち にち 十八日 juu.ha.chi.ni.chi 十八日	じゅう く にち 十九日 juu.ku.ni.chi 十九日
はつか 二十日 ha.tsu.ka 二十日	に じゅう いち にち 二十一日 ni.juu.i.chi.ni.chi 二十一日	に じゅう に にち 二十二日 ni.juu.ni.ni.chi 二十二日
に じゅう さん にち 二十三日 ni.juu.san.ni.chi 二十三日	に じゅう よっ か 二十四日 ni.juu.yo.kka 二十四日	に じゅう ご にち 二十五日 ni.juu.go.ni.chi 二十五日
に じゅう ろく にち 二十六日 ni.juu.ro.ku.ni.chi 二十六日	に じゅう しち にち 二十七日 ni.juu.shi.chi.ni.chi 二十七日	に じゅう はち にち 二十八日 ni.juu.ha.chi.ni.chi 二十八日
に じゅう く にち 二十九日 ni.juu.ku.ni.chi 二十九日	さん じゅう にち 三十日 san.juu.ni.chi 三十日	さん じゅう いち にち 三十一日 san.juu.i.chi.ni.chi 三十一日

今日は何曜日ですか？
kyou.wa.nan.yo.bi.de.su.ka?
今天星期幾？

にちようび 日曜日 ni.chi.you.bi 星期日	げつようび 月曜日 ge.tsu.you.bi 星期一	かようび 火曜日 ka.you.bi 星期二	すいようび 水曜日 su.i.you.bi 星期三
もくようび 木曜日 mo.ku.you.bi 星期四	きんようび 金曜日 kin.you.bi 星期五	どようび 土曜日 do.you.bi 星期六	月曜日

何週間ですか？
nan.shuu.kan.de.su.ka?
幾個星期？

いっしゅうかん 一週間 i.sshuu.kan 一個星期	にしゅうかん 二週間 ni.shuu.kan 兩個星期	さんしゅうかん 三週間 san.shuu.kan 三個星期	よんしゅうかん 四週間 yon.shuu.kan 四個星期
ごしゅうかん 五週間 go.shuu.kan 五個星期	ろくしゅうかん 六週間 ro.ku.shuu.kan 六個星期	ななしゅうかん 七週間 na.na.shuu.kan 七個星期	はっしゅうかん 八週間 ha.sshuu.kan 八個星期
きゅうしゅうかん 九週間 kyuu.shuu.kan 九個星期	じゅっしゅうかん 十週間 ju.sshuu.kan 十個星期		

| 週
しゅう
shuu
星期 | 先週
せん しゅう
sen.shuu
上週 | 今週
こん しゅう
kon.shuu
這週 | 来週
らい しゅう
ra.i.shuu
下週 | 週末
しゅう まつ
shuu.ma.tsu
週末 | 毎週
まい しゅう
ma.i.shuu
每週 |

其他時間說法

| 朝
あさ
a.sa
早晨 | 午前
ご ぜん
go.zen
上午 | 昼
ひる
hi.ru
中午 | 午後
ご ご
go.go
下午 |

| 夕方
ゆう がた
yuu.ga.ta
傍晚 | 夜
よる
yo.ru
晚上 | 真夜中
ま よ なか
ma.yo.na.ka
半夜 | 前
まえ
ma.e
以前 | 今
いま
i.ma
現在 | 後
あと
a.to
以後 |

何時ですか？
なん じ
nan.ji.de.su.ka?

幾點？

1時 いち じ i.chi.ji 1點	2時 に じ ni.ji 2點	3時 さん じ san.ji 3點	4時 よ じ yo.ji 4點
5時 ご じ go.ji 5點	6時 ろく じ ro.ku.ji 6點	7時 しち じ shi.chi.ji 7點	8時 はち じ ha.chi.ji 8點
9時 く じ ku.ji 9點	10時 じゅう じ juu.ji 10點	11時 じゅういち じ juu.i.chi.ji 11點	12時 じゅうに じ juu.ni.ji 12點

何時間ですか？
nan.ji.kan.de.su.ka?

幾個小時？

1時間 i.chi.ji.kan 一個小時	2時間 ni.ji.kan 兩個小時	3時間 san.ji.kan 三個小時	4時間 yo.ji.kan 四個小時
5時間 go.ji.kan 五個小時	6時間 ro.ku.ji.kan 六個小時	7時間 shi.chi.ji.kan 七個小時	8時間 ha.chi.ji.kan 八個小時
9時間 ku.ji.kan 九個小時	10時間 juu.ji.kan 十個小時	24 時間 ni.juu.yo.ji.kan 二十四小時	

何分ですか？
nan.pun.de.su.ka?

幾分？

1分 i.ppun 1分	2分 ni.fun 2分	3分 san.pun 3分	4分 yon.pun 4分	5分 go.fun 5分
6分 ro.ppun 6分	7分 na.na.fun 7分	8分 ha.ppun 8分	9分 kyuu.fun 9分	10分 ju.ppun 10分

じゅうご ふん 15分 juu.go.fun 15分	にじゅっ ぷん 20分 ni.ju.ppun 20分	さんじゅっ ぷん 30分 san.ju.ppun 30分	はん 半 han 半（30分）

なん びょう
何秒ですか？
nan.byou.de.su.ka?

幾秒？

いち びょう 1秒 i.chi.byou 1秒	に びょう 2秒 ni.byou 2秒	さん びょう 3秒 san.byou 3秒	よん びょう 4秒 yon.byou 4秒	ご びょう 5秒 go.byou 5秒
ろく びょう 6秒 ro.ku.byou 6秒	なな びょう 7秒 na.na.byou 7秒	はち びょう 8秒 ha.chi.byou 8秒	きゅう びょう 9秒 kyuu.byou 9秒	じゅう びょう 10秒 juu.byou 10秒
じゅうご びょう 15秒 juu.go.byou 15秒	さんじゅう びょう 30秒 san.juu.byou 30秒			

會話

いま なん じ
今、何時ですか？
i.ma, nan.ji.de.su.ka?

現在是幾點？

しち じ じゅうご ふん
7時15分です。
shi.chi.ji.juu.go.fun.de.su。

7點15分。

天氣

今日もいい天気ですよ!
kyo.mo.i.i.ten.ki.de.su.yo!
今天也是好天氣喔!

天気（てんき） ten.ki **天氣**	晴れる（は） ha.re.ru 晴	空が晴れる（そら・は） so.ra.ga.ha.re.ru 天空晴朗

曇る（くも） ku.mo.ru 陰	空が曇る（そら・くも） so.ra.ga.ku.mo.ru 陰天	風（かぜ） ka.ze 風	微風（そよかぜ） so.yo.ka.ze 微風	北風（きた・かぜ） ki.ta.ka.ze 北風

台風（たい・ふう） ta.i.fuu 颱風	風が吹く（かぜ・ふ） ka.ze.ga.fu.ku 風吹	風がやむ（かぜ） ka.ze.ga.ya.mu 風停	雨（あめ） a.me 雨

雨が降る（あめ・ふ） a.me.ga.fu.ru 下雨	雨がやむ（あめ） a.me.ga.ya.mu 雨停	大雨（おお・あめ） o.o.a.me 大雨	小雨（こ・さめ） ko.sa.me 毛毛雨

梅雨（つゆ） tsu.yu 梅雨	春雨（はる・さめ） ha.ru.sa.me 春雨	時雨（しぐれ） shi.gu.re 秋雨	嵐（あらし） a.ra.shi 暴風雨

雲（くも） ku.mo 雲	雲が出る（くも・で） ku.mo.ga.de.ru 有雲	綿のような雲（わた・くも） wa.ta.no.you.na.ku.mo 像棉花一樣的雲

雪 ゆき yu.ki 雪	雪が降る ゆき ふ yu.ki.ga.fu.ru 下雪	雪がやむ ゆき yu.ki.ga.ya.mu 雪停	白雪 しら ゆき shi.ra.yu.ki 白雪	吹雪 ふぶき fu.bu.ki 暴風雪

霧 きり ki.ri 霧	深い霧 ふか きり fu.ka.i.ki.ri 濃霧	太陽 たい よう ta.i.you 太陽	お日様 ひ さま o.hi.sa.ma 太陽

太陽が昇る たい よう のぼ ta.i.you.ga.no.bo.ru 日出	太陽が沈む たい よう しず ta.i.you.ga.shi.zu.mu 日落	朝日 あさ ひ a.sa.hi 朝陽

夕焼け ゆう や yuu.ya.ke 晚霞	夕日 ゆう ひ yuu.hi 夕陽	月 つき tsu.ki 月亮	月が出る つき で tsu.ki.ga.de.ru 有月亮

新月 しん げつ shin.ge.tsu 新月	満月 まん げつ man.ge.tsu 滿月	満月になる まん げつ man.ge.tsu.ni.na.ru 變滿月了

四季	春 はる ha.ru 春	暖かい あたた a.ta.ta.ka.i 暖和的	夏 なつ na.tsu 夏	暑い あつ a.tsu.i 炎熱的
蒸し暑い む あつ mu.shi.a.tsu.i 悶熱的	秋 あき a.ki 秋	涼しい すず su.zu.shi.i 涼爽的	冬 ふゆ fu.yu 冬	寒い さむ sa.mu.i 寒冷的

郵局

郵便局 ゆうびんきょく yuu.bin.kyo.ku **郵局**	ポスト po.su.to 郵筒	郵便配達 ゆうびんはいたつ yuu.bin.ha.i.ta.tsu 郵遞	郵便屋さん ゆうびんや yuu.bin.ya.san 郵差

郵件種類

葉書 はがき ha.ga.ki	ポストカード po.su.to.kā.do	絵葉書 えはがき e.ha.ga.ki
	明信片	風景明信片

手紙 てがみ te.ga.mi 信	小包 こづつみ ko.zu.tsu.mi 包裹	書類 しょるい sho.ru.i 文件資料	印刷物 いんさつぶつ in.sa.tsu.bu.tsu 印刷物

郵件寄送方式

航空便 こうくうびん kou.kuu.bin 空運	船便 ふなびん fu.na.bin 海運	速達 そくたつ so.ku.ta.tsu 限時	書留 かきとめ ka.ki.to.me 掛號

EMS（国際スピード郵便） イーエムエス こくさい ゆうびん ī.e.mu.e.su.(ko.ku.sa.i.su.pī.do.yuu.bin) 國際快捷	エアメール e.a.mē.ru 航空信	航空書簡 こうくうしょかん kou.kuu.sho.kan 航空書簡

給我的朋友寫封信吧！

手紙を出す て　がみ　だ te.ga.mi.o.da.su 寄信	差出人 さし　だし　にん sa.shi.da.shi.nin 寄件人

宛先 あて　さき a.te.sa.ki 收件地址	受取人 うけ　とり　にん u.ke.to.ri.nin 收件人	郵便番号 ゆう　びん　ばん　ごう yuu.bin.ban.gou 郵遞區號	切手 き　って ki.tte 郵票

不打結極短句

※ フランスまで何日ぐらい
なん　にち
かかりますか？
fu.ran.su .ma.de.nan.ni.chi.gu.ra.i.
ka.ka.ri.ma.su.ka?

寄到法國大概要
幾天呢？

※ 割れ物が入っています。
わ　もの　はい
wa.re.mo.no.ga.ha.i.tte.i.ma.su。

裡面裝有易碎品。

※ 書き方を教えてください。
か　かた　おし
ka.ki.ka.ta.o.o.shi.e.te.ku.da.sa.i。

請教我書寫方式。

※ この小包を航空便で台湾に
こ づつみ　こう くう びん　たい わん
送りたいです。
おく
ko.no.ko.zu.tsu.mi.o.kou.kuu.bin.de.
ta.i.wan.ni.o.ku.ri.ta.i.de.su。

我想把這個包裹用
空運寄到台灣。

銀行

銀行（ぎんこう） **gin.kou** 銀行	両替（りょうがえ） ryou.ga.e 兌錢	外国為替（がいこくかわせ） ga.i.ko.ku.ka.wa.se 國外匯兌	為替（かわせ）レート ka.wa.se.rē.to 匯率

トラベラーズチェック to.ra.be.rā.zu.che.kku 旅行支票	旅行小切手（りょこうこぎって） ryo.kou.ko.gi.tte	小切手（こぎって） ko.gi.tte 支票

キャッシュカード kya.sshu.kā.do 金融卡	口座（こうざ） kou.za 戶頭	通帳（つうちょう） tsuu.chou 存摺

残高（ざんだか） zan.da.ka 餘額	残高照会（ざんだかしょうかい） zan.da.ka.shou.ka.i 餘額詢問	お金（かね） o.ka.ne 錢	マネー ma.nē

小銭（こぜに） ko.ze.ni 零錢	お札（さつ） o.sa.tsu 紙鈔	一万円札（いちまんえんさつ） i.chi.man.en.sa.tsu 一萬元紙鈔

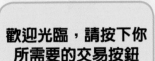

操作自動提款機（ATM）

歡迎光臨，請按下你所需要的交易按鈕

引き出し
hi.ki.ta.shi
領款

預金
yo.kin
存款

振り込み
fu.ri.ko.mi
轉帳/匯款

カードを入れてください
kā.do.o.i.re.te.ku.da.sa.i
請插入卡片

暗証番号を押してください
an.shou.ban.gou.o.o.shi.te.ku.da.sa.i
請輸入密碼

金額を押してください
kin.ga.ku.o.o.shi.te.ku.da.sa.i
請輸入金額

**若無問題，
請按確認鍵**

確認
ka.ku.nin
確認

請選擇交易種類

当座預金
tou.za.yu.kin
活期存款（支票存款）

普通預金
fu.tsuu.yo.kin
普通活期存款（存摺存款）

クレジットカード
ku.re.ji.tto.kā.do
信用卡

確認交易金額及帳戶餘額後，請按確認或是列印明細表

取引金額
to.ri.hi.ki.kin.ga.ku
交易金額

明細書
me.i.sa.i.sho
明細表

発行
ha.kkou
列印/印刷

233

緊急狀況

病院に連れて行ってください。
byou.in.ni.tsu.re.te.i.tte.ku.da.sa.i。

請送我到醫院。

病院 byou.in 醫院	救急車 kyuu.kyuu.sha 救護車	患者 kan.ja	病人 byou.nin
		病患	

お医者さん o.i.sha.san	ドクター doku.tā	看護師さん kan.go.shi.san	ナース nā.su
醫生		護士	

該看哪一科門診呢?

内科 na.i.ka 内科	外科 ge.ka 外科

小児科 shou.ni.ka 小兒科	産婦人科 san.fu.jin.ka 婦產科	歯科 shi.ka 齒科

耳鼻科 ji.bi.ka 耳鼻喉科	眼科 gan.ka 眼科	皮膚科 hi.fu.ka 皮膚科	泌尿器科 hi.nyou.ki.ka 泌尿科

告訴醫生您的病史

--- 會話 ---

持病(じびょう)はありますか？
ji.byou.wa.a.ri.ma.su.ka?

醫生：有慢性病
（宿疾）嗎？

喘息(ぜんそく)があります。
zen.so.ku .ga.a.ri.ma.su。

患者：我有氣喘。

貧血(ひんけつ)
hin.ke.tsu
貧血

生理中(せいりちゅう)
se.i.ri.chuu
生理期

高血圧(こうけつあつ)
kou.ke.tsu.a.tsu
高血壓

低血圧(ていけつあつ)
te.i.ke.tsu.a.tsu
低血壓

心臓病(しんぞうびょう)
shin.zou.byou
心臟病

人工透析(じんこうとうせき)
jin.kou.tou.se.ki
洗腎

糖尿病(とうにょうびょう)
tou.nyou.byou
糖尿病

妊娠中(にんしんちゅう)
nin.shin.chuu
懷孕中

痛風(つうふう)
tsuu.fuu
痛風

アレルギー体質(たいしつ)
a.re.ru.gī.ta.i.shi.tsu
易過敏體質

花粉症(かふんしょう)
ka.fun.shou
花粉症

薬物(やくぶつ)アレルギー
ya.ku.bu.tsu.a.re.ru.gī
藥物過敏

該作什麼治療呢？

にゅう いん 入院 nyuu.in 入院	たい いん 退院 ta.i.in 出院	しゅ じゅつ 手術 shu.ju.tsu 手術

せい けい しゅ じゅつ 整形手術 se.i.ke.i.shu.ju.tsu 整形手術	レントゲン ren.to.gen X光	ぶん べん 分娩 bun.ben 生產	ます い 麻酔 ma.su.i 麻醉

てん てき 点滴 ten.te.ki 點滴	ちゅう しゃ 注射 chuu.sha 打針	くすり の 薬を飲む ku.su.ri.o.no.mu 吃藥	ほね つ 骨接ぎ ho.ne.tsu.gi 接骨

し けつ 止血 shi.ke.tsu 止血	ゆ けつ 輸血 yu.ke.tsu 輸血	しょ ほう せん 処方箋 sho.hou.sen 處方籤

不打結極短句

✿ わたし か ぞく れん らく
私の家族に連絡してください。
wa.ta.shi.no.ka.zo.ku.ni.ren.ra.ku.shi.te.
ku.da.sa.i。　　　請聯絡我的家人。

✿ しん だん しょ
診断書をください。
shin.dan.sho.o.ku.da.sa.i。　　　請開立醫療證明給我。

✿ かい がい りょ こう ほ けん はい
海外旅行保険に入っています。
ka.i.ga.i.ryo.kou.ho.ken.ni.ha.i.tte.i.ma.su。　　　有投保了海外旅行險。

人体 と 病気		頭	おでこ
じん たい 人体 と jin.ta.i	びょう き 病気 byou.ki	あたま 頭 a.ta.ma	おでこ o.de.ko
人體 與	生病狀況	頭	額頭

耳		みみたぶ	あご
みみ 耳 mi.mi		みみたぶ mi.mi.ta.bu	あご a.go
耳朵		耳垂	下巴

顔	目		瞳
かお 顔 ka.o	め 目 me		ひとみ 瞳 hi.to.mi
臉	眼睛		瞳孔

目玉	鼻	呼吸	息
め だま 目玉 me.da.ma	はな 鼻 ha.na	こ きゅう 呼吸 ko.kyuu	いき 息 i.ki
眼球	鼻子	呼吸	

口	舌		くちびる
くち 口 ku.chi	した 舌 shi.ta		くちびる ku.chi.bi.ru
嘴巴	舌頭		嘴唇

のど	歯	虫歯	
のど no.do	は 歯 ha	むし ば 虫歯 mu.shi.ba	
喉嚨	牙齒	蛀牙	

入れ歯		頰	
い ば 入れ歯 i.re.ba		ほお 頰 ho.o	
假牙		臉頰	

病徵描述

- - - - 不打結極短句 - - - -

❋ **のど**が痛いです。
no.do .ga.i.ta.i.de.su。
喉嚨痛。

❋ のどがからからです。
no.do.ga.ka.ra.ka.ra.de.su。
喉嚨乾到不行。

❋ 顔色が悪いです。
ka.o.i.ro.ga.wa.ru.i.de.su。
氣色不好。

❋ **ここ**がひどく痛くて、もう我慢
ができません。
ko.ko .ga.hi.do.ku.i.ta.ku.te, mou.ga.man.
ga.de.ki.ma.sen。
這裡痛得我受
不了。

❋ 息が苦しいです。
i.ki.ga.ku.ru.shi.i.de.su。
呼吸變痛苦。

❋ 息をすることができません。
i.ki.o.su.ru.ko.to.ga.de.ki.ma.sen。
不能呼吸了。

目まい
me.ma.i
頭暈

頭がふらふらする
a.ta.ma.ga.fu.ra.fu.ra.su.ru
頭暈目眩

頭痛
zu.tsuu
頭痛

頭ががんがんする
a.ta.ma.ga.gan.gan.su.ru
頭痛欲裂

吐き気
ha.ki.ke
想吐

からだ 体 **ka.ra.da** 身體	くび 首 ku.bi 頸	かた 肩 ka.ta 肩膀	せ なか 背中 se.na.ka 背	せ すじ 背筋 se.su.ji 背脊
せき つい 脊椎 se.ki.tsu.i 脊椎	むね 胸 mu.ne 胸部	はら 腹 ha.ra	なか お腹 o.na.ka 腹部	おへそ o.he.so 肚臍
こし 腰 ko.shi 腰部	しり 尻 shi.ri 臀部	ひ ふ 皮膚 hi.fu 皮膚	ほね 骨 ho.ne 骨頭	きん にく 筋肉 kin.ni.ku 肌肉

ない ぞう 内臓 **na.i.zou** 內臟	のう 脳 nou 腦	き かん し 気管支 ki.kan.shi 支氣管	はい 肺 ha.i 肺	しょく どう 食道 sho.ku.dou 食道
い 胃 i 胃	しん ぞう 心臓 shin.zou 心臟	みゃく はく 脈拍 mya.ku.ha.ku 脈搏	かん ぞう 肝臓 kan.zou 肝	だい ちょう 大腸 da.i.chou 大腸
しょう ちょう 小腸 shou.chou 小腸	ぞう すい臓 su.i.zou 胰臟	ひ ぞう 脾臓 hi.zou 脾臟	じん ぞう 腎臓 jin.zou 腎臟	ぼう こう 膀胱 bou.kou 膀胱	こう もん 肛門 kou.mon 肛門

| けつ えき
血液
ke.tsu.e.ki | ち
血
chi
血液 | けっ かん
血管
ke.kkan
血管 | けつ えき がた
血液型
ke.tsu.e.ki.ga.ta
血液型 | どう みゃく
動脈
dou.mya.ku
動脈 | じょう みゃく
静脈
jou.mya.ku
静脈 |

不打結極短句

病徵描述

❋ 心臓に痛みを感じます。
しん ぞう いた かん
shin.zou.ni.i.ta.mi.o.kan.ji.ma.su。

心臟感到疼痛。

❋ 食べすぎてお腹が苦しいです。
た なか くる
ta.be.su.gi.te.o.na.ka.ga.ku.ru.shi.i.de.su。

吃太多肚子不舒服。

❋ あっ、ここが痛いです。
いた
a, ko.ko.ga.i.ta.i.de.su。

啊！這裡好痛。

❋ 体の具合が悪い(いい)です。
からだ ぐ あい わる
ka.ra.da.no.gu.a.i.ga.wa.ru.i.(i.i).de.su。

身體狀況不好(好)。

痔 じ ji 痔瘡	下痢 げ り ge.ri 拉肚子	食中毒 しょく ちゅう どく sho.ku.chuu.do.ku 食物中毒	傷 きず ki.zu 傷痕

傷がずきずき痛い きず いた ki.zu.ga.zu.ki.zu.ki.i.ta.i 傷口傳來陣陣疼痛	怪我 け が ke.ga 受傷

腰痛 よう つう you.tsuu 腰痛	腹痛 ふく つう fu.ku.tsuu 肚子痛	痒い かゆ ka.yu.i 癢

皮膚がむずむずする ひ ふ hi.fu.ga.mu.zu.mu.zu.su.ru 皮膚搔癢	出血 しゅっ けつ shu.kke.tsu 流血	血が止まらない ち と chi.ga.to.ma.ra.na.i 血流不止

炎症
en.sho
發炎

盲腸炎
mou.chou.en
盲腸炎

胃腸炎
i.chou.en
腸胃炎

胃がきりきり痛い
i.ga.ki.ri.ki.ri.i.ta.i
胃像針扎般刺痛

肺炎
ha.i.en
肺炎

膀胱炎
bou.kou.en
膀胱炎

打撲
da.bo.ku
撞傷

肩を打撲した
ka.ta.o.da.bo.ku.shi.ta
肩膀受了撞傷

夏ばて
na.tsu.ba.te

熱中症
ne.cchuu.shou
中暑

寒気
sa.mu.ke
畏寒

風邪
ka.ze
感冒

インフルエンザ
in.fu.ru.en.za
流行性感冒

風邪を引いた
ka.ze.o.hi.i.ta
感冒了

咳が出る
se.ki.ga.de.ru
咳嗽

咳をしてたんを出す
se.ki.o.shi.te.tan.o.da.su
咳出痰來

鼻づまり
ha.na.zu.ma.ri
鼻塞

鼻水が出る
ha.na.mi.zu.ga.de.ru
流鼻水

発熱
ha.tsu.ne.tsu

熱がある
ne.tsu.ga.a.ru
發燒

熱は何度ありますか？
ne.tsu.wa.nan.do.a.ri.ma.su.ka?
發燒到幾度？

体がだるい
ka.ra.da.ga.da.ru.i
全身無力

全身がぞくぞくする
zen.shin.ga.zo.ku.zo.ku.su.ru
全身冷到發抖

体ががたがた震える
ka.ra.da.ga.ga.ta.ga.ta.fu.ru.e.ru
身體哆哆嗦嗦直打顫

四肢	手 て te 手	指 ゆび yu.bi 手指	手首 て くび te.ku.bi 手腕	腕 うで u.de 手臂	足 あし a.shi 腳	もも mo.mo 大腿

すね su.ne 小腿	ふくらはぎ fu.ku.ra.ha.gi 小腿肚	ひざ hi.za 膝蓋	足首 あし くび a.shi.ku.bi 腳踝	かかと ka.ka.to 腳後跟	関節 かん せつ kan.se.tsu 關節

不打結極短句 ・・・・・ 病徵描述

❋ 転んでひざの皮を擦りむきました。
ko.ron.de.hi.za.no.ka.wa.o.su.ri.mu.ki.ma.shi.ta。
跌倒把膝蓋磨破皮了。

❋ ひざの関節をくじきました。
hi.za.no.kan.se.tsu.o.ku.ji.ki.ma.shi.ta。
膝蓋的關節扭到了。

❋ ここに怪我をしました。
ko.ko .ni.ke.ga.o.shi.ma.shi.ta。
這裡受傷了。

足を捻挫した あし ねんざ a.shi.o.nen.za.shi.ta 扭傷腳	足をひねった あし a.shi.o.hi.ne.tta 拐到腳

足がつった あし a.shi.ga.tsu.tta 腳抽筋了	骨折 こっせつ ko.sse.tsu 骨折	打ち身 う み u.chi.mi 跌打損傷

242

藥物急救站

絆創膏 ban.sou.kou OK繃		しっぷ shi.ppu 貼布

| 包帯 hou.ta.i 繃帶 | ガーゼ gā.ze 紗布 | 体温計 ta.i.on.ke.i 體溫計 |

不打結極短句

※ 痛み止め の薬が欲しいです。　　　　想要止痛的藥。
i.ta.mi.do.me .no.ku.su.ri.ga.ho.shi.i.de.su。

♥可替換以下單字：

下痢止め ge.ri.do.me 止瀉	咳止め se.ki.do.me 止咳	くしゃみ止め ku.sha.mi.do.me 止噴嚏	痒み止め ka.yu.mi.do.me 止癢	火傷 ya.ke.do 燙傷
熱冷まし ne.tsu.sa.ma.shi 退燒	便秘 ben.pi 便秘	腹痛 fu.ku.tsuu 肚子痛	虫刺され mu.shi.sa.sa.re 蚊蟲叮咬	目の疲れ me.no.tsu.ka.re 眼睛疲勞
二日酔い fu.tsu.ka.yo.i 宿醉	筋肉痛 kin.ni.ku.tsuu 肌肉酸痛	肩こり ka.ta.ko.ri 肩膀酸痛	消化不良 shou.ka.fu.ryou 消化不良	疲労回復 hi.ro.ka.i.fu.ku 消除疲勞

警察を呼んでください
ke.i.sa.tsu.o.yon.de.ku.da.sa.i
請幫我叫警察

交番 kou.ban 警察局	警察 ke.i.sa.tsu 警察	パトカー pa.to.kā 警車

事故 ji.ko 事故	交通事故 kou.tsuu.ji.ko 交通事故	火事 ka.ji 火災	消防車 shou.bou.sha 消防車	痴漢 chi.kan 色狼	すり su.ri 扒手

強盗 gou.tou 搶劫	泥棒 do.ro.bou 小偷	変質者 hen.shi.tsu.sha 變態	喧嘩 ken.ka 吵架、打架、爭執

---- **不打結極短句** ---- 大聲呼救時

✳ 助けて！
ta.su.ke.te!
　　　　　　　　　救命啊！

✳ やめろ！
ya.me.ro!
　　　　　　　　　住手！

✳ 離して！
ha.na.shi.te!
　　　　　　　　　放開我！

✳ 捕まえて！
tsu.ka.ma.e.te!　　　　　　　抓住他！

✳ 危ない！
a.bu.na.i!
　　　　　　　　　危險！

HELP!

- - - 不打結極短句 - - - 　大聲呼救時

✽ 殴られました！
na.gu.ra.re.ma.shi.ta!
我被打了！

✽ 道に迷ってしまいました！
mi.chi.ni.ma.yo.tte.shi.ma.i.ma.shi.ta!
我迷路了！

✽ パスポートをなくしました！
pa.su.pō.to.o.na.ku.shi.ma.shi.ta!
我的護照不見了！

✽ 財布を盗まれました！
sa.i.fu.o.nu.su.ma.re.ma.shi.ta!
我的錢包被偷了！

✽ 友達とはぐれました！
to.mo.da.chi.to.ha.gu.re.ma.shi.ta!
和朋友走散了！

♥可替換以下單字：

子供	友人	家族	ツアーの人
ko.do.mo	yuu.jin	ka.zo.ku	tsu.ā.no.hi.to
小孩	友人	家人	旅行團

不打結極短句 ·······

大聲求助時

✳ 携帯電話を貸してください！
けいたいでんわ　か
ke.i.ta.i.den.wa.o.ka.shi.te.ku.da.sa.i!

請借我手機！

✳ 英語が通じますか？
えいご　つう
e.i.go .ga.tsuu.ji.ma.su.ka?

你懂英文嗎？

緊急求救資訊

AMDA國際醫療資訊中心：

AMDA国際医療情報センター

(AMDA International Medical Information Center)

東京：03-5285-8088

關西：06-4395-0555

http://amda-imic.com/

日本救援專線：

ジャパンヘルプライン (Japan Helpline)

免付費電話：0120-46-1997Toll-free (フリーダイヤル)

http://www.jhelp.com/en/jhlp.html

一一〇番
ひゃくとお　ばん
hya.ku.to.o.ban

求助警察撥打「110」

一一九番
ひゃくじゅうきゅう　ばん
hya.ku.juu.kyuu.ban

求助救護車或消防車撥打「119」

246

台灣駐日代表處−官方網站
http://www.roc-taiwan.org/JP/mp.asp?mp=201

台北駐日経済文化代表処
〒108-0071 　東京都港区白金台 5-20-2
No.20-2 Shirokanedai, 5-chome Minato-ku Tokyo 108-0071 Japan
TEL：03-3280-7800~1

台北駐日経済文化代表処-横浜分処
横浜市中区日本大通り60番地 　朝日生命横浜ビル2階
http://www.roc-taiwan.org/JP/YOK
TEL：045-641-7736~8

台北駐大阪経済文化弁事処
大阪市西区土佐堀1-4-8 　日榮ビル4F
http://www.roc-taiwan.org/JP/OSA
TEL：06-6443-8481~7

台北駐大阪経済文化弁事処-福岡分処
福岡市中央区桜坂 3-12-42
http://www.roc-taiwan.org/JP/FUK
TEL： 092-734-2810

台北駐日経済文化代表処那覇分処
沖縄県那覇市久茂地 3-15-9 　アルテビル那覇6階
http://www.roc-taiwan.org/JP/NA
TEL：098-862-7008

台北駐日経済文化代表処札幌分処
北海道札幌市中央区北4条西4丁目1番地 　伊藤ビル5階
TEL：011-222-2930

國家圖書館出版品預行編目(CIP)資料

一指神通日本遊：旅遊日文 / 游淑貞著.
— 初版. —〔臺北市〕：寂天文化，2016.11
　面；　公分

ISBN 978-986-318-340-2(25K平裝附光碟)
ISBN 978-986-318-411-9(32K平裝附光碟)
ISBN 978-986-318-524-6(25K精裝附光碟)

1.日語 2.旅遊 3.讀本

803.18　　　　　　　　　　　　　　105020508

一指神通 日本遊：旅遊日文(隨書附MP3)

作者 / 譯者：游淑貞（YOYOYU）

設計 & 插畫：游鈺純（Yu-Chun YU）／ Régis FANJAT

審訂：張澤崇

編輯：黃月良

製程管理：洪巧玲

出版者：寂天文化事業股份有限公司

電話：02-2365-9739

傳真：02-2365-9835

網址：www.icosmos.com.tw

讀者服務：onlineservice@icosmos.com.tw

Copyright © 2015 by Cosmos Culture Ltd.

出版日期：2016年11月 初版三刷　　　　　250101

郵撥帳號：1998-6200 寂天文化事業股份有限公司

* 劃撥金額600元(含)以上者，郵資免費。
* 訂購金額600元以下者，請外加65元。

（若有破損，請寄回更換，謝謝。）